岁月忽已晚，灯火要人归

丰子恺 著

读者出版传媒股份有限公司
甘肃人民出版社

图书在版编目（CIP）数据

岁月忽已晚，灯火要人归 / 丰子恺著. -- 兰州：甘肃人民出版社，2022.3
 ISBN 978-7-226-05791-9

Ⅰ. ①岁… Ⅱ. ①丰… Ⅲ. ①随笔－作品集－中国－当代 Ⅳ. ① I267.1

中国版本图书馆 CIP 数据核字 (2021) 第 268275 号

责任编辑：王建华
封面设计：公　园

岁月忽已晚，灯火要人归
丰子恺　著
甘肃人民出版社出版发行
（730030　兰州市读者大道568号）
河北文扬印刷有限公司印刷
开本 880毫米×1230毫米　1/32　印张8.5　插页2　字数148千
2022年4月第1版　2022年4月第1次印刷

ISBN 978-7-226-05791-9　　　　定价：56.00元

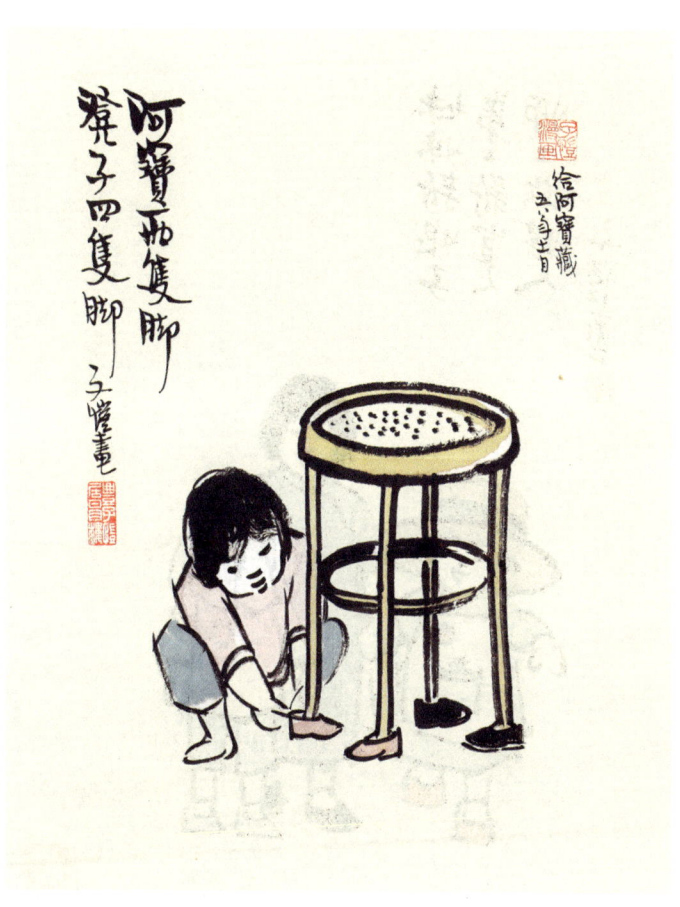

阿宝两只脚　凳子四只脚

妹妹新娘子　弟弟新官人　姊姊做媒人

新阿大 旧阿二 破阿三 补阿四

欲上青天揽明月

两小无嫌猜

今朝儿童节　散会归来早

糖果与豆荚　送给小宝宝

豆荚自己种　滋味特别好

天寒翠袖薄　日暮倚修竹

新生

无条件劳动

雀巢可俯而窥

儿童未解供耕织　也傍墙阴学种瓜

初步

返老还童图

儿童散学归来早　忙趁东风放纸鸢

目　录

一　做父亲

给我的孩子们	002
送阿宝出黄金时代	007
儿女	013
从孩子得到的启示	018
做父亲	024
送考	028
南颖访问记	035

二 天真世界

华瞻的日记　　042
儿童节前夜　　048
洋蜡烛油　　　053
竹影　　　　　059
爸爸的扇子　　065
尝试　　　　　071
蛙鼓　　　　　076
翡翠笛　　　　083

三 家人和乐

种兰不种艾　　　090
初步　　　　　　095
喂食　　　　　　100
铁马与风筝　　　106
芒种的歌　　　　112
贺年　　　　　　118
葡萄　　　　　　125
寄寒衣　　　　　131
穷小孩的跷跷板　137

四 认识世间相

晨梦	142
儿戏	145
世间相	148
实行的悲哀	159
幸福儿童	164
蜜蜂	168
忆儿时	171
梦痕	178

五 美与同情

蝌蚪	186
有情世界	195
视觉的食粮	201
美与同情	214
山水间的生活	219
胡桃云片	223
甘美的回味	227
学会艺术的生活	234

一

做父亲

给我的孩子们

我的孩子们!我憧憬于你们的生活,每天不止一次!我想委曲地说出来,使你们自己晓得。可惜到你们懂得我的话的意思的时候,你们将不复是可以使我憧憬的人了。这是何等可悲哀的事啊!

瞻瞻!你尤其可佩服。你是身心全部公开的真人。你什么事体都想拼命地用全副精力去对付。小小的失意,像花生米翻落地了,自己嚼了舌头了,小猫不肯吃糕了,你都要哭得嘴唇翻白,昏去一两分钟。外婆去普陀烧香买回来给你的泥人,你何等鞠躬尽瘁地抱它,喂它;有一天你自己失手把它打破了,你的号哭的悲哀,比大人们的破产、失恋、broken heart、丧考妣、全军覆没的悲哀都要真切。两把芭蕉扇做的脚踏车,麻雀牌堆成的火车、汽车,你何等认真地看待,挺直了嗓子叫"汪——""咕咕咕……"来代替汽油。

宝姊姊讲故事给你听，说到"月亮姊姊挂下一只篮来，宝姊姊坐在篮里吊了上去，瞻瞻在下面看"的时候，你何等激昂地同她争，说："瞻瞻要上去，宝姊姊在下面看！"甚至哭到漫姑面前去求审判。我每次剃了头，你真心地疑我变了和尚，好几时不要我抱。最是今年夏天，你坐在我膝上发现了我腋下的长毛，当作黄鼠狼的时候，你何等伤心，你立刻从我身上爬下去，起初眼瞪瞪地对我端相，继而大失所望地号哭，看看，哭哭，如同对被判定了死罪的亲友一样。你要我抱你到车站里去，多多益善地要买香蕉，满满地擒了两手回来，回到门口时你已经熟睡在我的肩上，手里的香蕉不知落在哪里去了。这是何等可佩服的真率、自然与热情！大人间的所谓"沉默""含蓄""深刻"的美德，比起你来，全是不自然的、病的、伪的！

你们每天坐火车，坐汽车，办酒，请菩萨，堆六面画，唱歌，全是自动的，创造创作的生活。大人们的呼号"归自然""生活的艺术化""劳动的艺术化"在你们面前真是出丑得很了！依样画几笔画，写几篇文的人称为艺术家、创作家，对你们更要愧死！

你们的创作力，比大人真是强盛得多哩：瞻瞻！你的身体不及椅子的一半，却常常要搬动它，与它一同翻倒在地上；你又要把一杯茶横转来藏在抽斗里，要皮球停在壁上，要拉住火车的尾巴,要月亮出来,要天停止下雨。在这等小小的事件中,明明表示着你们的小弱的体力与智力不足以应付强盛的创作欲、表现欲的驱使,因而遭逢失败,然而你们是不受大自然的支配,不受人类社会的束缚的创造者,所以你们的遭逢失败,例如火车尾巴拉不住,月亮呼不出来的时候,你们决不承认是事实的不可能,总以为是爸爸妈妈不肯帮你们办到,同不许你们弄自鸣钟同例,所以愤愤地哭了,你们的世界何等广大!

你们一定想:终天无聊地伏在案上弄笔的爸爸,终天闷闷地坐在窗下弄引线的妈妈,是何等无气性的奇怪的动物!你们所视为奇怪动物的我与你们的母亲,有时确实难为了你们,摧残了你们,回想起来,真是不安心得很!

阿宝!有一晚你拿软软的新鞋子,和自己脚上脱下来的鞋子,给凳子的脚穿了,划袜立在地上,得意地叫"阿宝两只脚,凳子四只脚"的时候,你母亲喊着"龌龊了袜子",立刻擒你到藤榻上,动手毁坏你的创作。当你蹲在榻上注视你母亲动手毁坏的时候,你的小心里一定感到"母亲这种人,何等煞风景而野蛮"吧!

瞻瞻!有一天开明书店送了几册新出版的毛边的《音乐入门》来。我用小刀把书页一张一张地裁开来,你侧着头,站在桌边默默地看。后来我从学校回来,你已经在我的书架上拿了一本连史纸印的中国装的《楚辞》,把它裁破了十几页,得意地对我说:"爸爸!瞻瞻也会裁了!"瞻瞻!这在你原是何等成功的欢喜,何等得意的作品!却被我一个惊骇的"哼"字喊得你哭了。那时候你也一定抱怨"爸爸何等不明"吧!

软软!你常常要弄我的长锋羊毫,我看见了总是无情地夺脱你。现在你一定轻视我,想道:"你终于要我画你的画集的封面!"

最不安心的,是有时我还要拉一个你们所最怕的陆露沙医生来,教他用他的大手来摸你们的肚子,甚至用刀来在你们臂上割几下,还要教妈妈和漫姑擒住了你们的手脚,捏住了你们的鼻子,把很苦的水灌到你们的嘴里去。这在你们一定认为是太无人道的野蛮举动吧!

孩子们!你们果真抱怨我,我倒欢喜;到你们的抱怨变为感激的时候,我的悲哀来了!

我在世间,永没有逢到像你们这样出肺肝相示的人。世间的人群结合,永没有像你们样的彻底的真实而纯洁。最是我到上海去干了无聊的所谓"事"回来,或者去同不相干的人们做了叫作"上课"的一种把戏回来,你们在门口或车站旁等我的时候,我心中何等惭愧又欢喜!惭愧我为什么去做这等无聊的事,欢喜我又得暂时放怀一切地加入你们的真生活的团体。

但是，你们的黄金时代有限，现实终于要暴露的。这是我经验过来的情形，也是大人们谁也经验过的情形。我眼看见儿时的伴侣中的英雄、好汉，一个个退缩、顺从、妥协、屈服起来，到像绵羊的地步。我自己也是如此。"后之视今，亦犹今之视昔"，你们不久也要走这条路呢！

我的孩子们！憧憬于你们的生活的我，痴心要为你们永远挽留这黄金时代在这册子里。然这真不过像"蜘蛛网落花"，略微保留一点春的痕迹而已。且到你们懂得我这片心情的时候，你们早已不是这样的人，我的画在世间已无可印证了！这是何等可悲哀的事啊！

一九二六年

送阿宝出黄金时代

阿宝，我和你在世间相聚，至今已十四年了，在这五千多天内，我们差不多天天在一处，难得有分别的日子。我看着你呱呱坠地，嘤嘤学语，看你由吃奶改为吃饭，由匍匐学成跨步。你的变态微微地逐渐地展进，没有痕迹，使我全然不知不觉，以为你始终是我家的一个孩子，始终是我们这家庭里的一种点缀，始终可做我和你母亲的生活的慰安者。然而近年来，你态度行为的变化，渐渐证明其不然。你已在我们的不知不觉之间长成了一个少女，快将变为成人了。古人谓"父母之年不可不知也，一则以喜，一则以惧"。我现在反行了古人的话，在送你出黄金时代的时候，也觉得悲喜交集。

所喜者，近年来你的态度行为的变化，都是你将由孩子变成成人的表示。我的辛苦和你母亲的劬劳似乎有了成绩，私心庆慰。所悲者,你的黄金时代快要度尽,现实渐渐暴露,你将停止你的美丽的梦,而开始生活的奋斗了,我们仿佛丧失了一个从小依傍在身边的孩子,而另得了一个新交的知友。"乐莫乐兮新相知";然而旧日天真烂漫的阿宝,从此永远不得再见了!

记得去春有一天,我拉了你的手在路上走。落花的风把一阵柳絮吹在你的头发上、脸孔上和嘴唇上,使你好像冒了雪,生了白胡须。我笑着搂住了你的肩,用手帕为你拂拭。你也笑着,仰起了头依在我的身旁。这在我们原是极寻常的事:以前每天你吃过饭,是我同你洗脸的。然而路上的人向我们注视,对我们窃笑,其意思仿佛在说:"这样大的姑娘儿,还在路上教父亲搂住了拭脸孔!"我忽然看见你的身体似乎高大了,完全发育了,已由中性似的孩子变成十足的女性了。我忽然觉得,我与你之间似乎筑起一堵很高、很坚、很厚的无影的墙。你在我的怀抱中长起来,在我的提携中大起来;但从今以后,我和你将永远分居于两个世界了。一刹那间我心中感到深痛的悲哀。我怪怨你何不永远做一个孩子而定要长大起来,我怪怨人类中何必有男女之分。然而怪怨之后立刻破悲为笑。恍悟这不是当然的事,可喜的事吗?

记得有一天,我从上海回来。你们兄弟姊妹照例拥在我身旁,等候我从提箱中取出"好东西"来分。我欣然地取出一束巧克力来,分给你们每人一包。你的弟妹们到手了这五色金银的巧克力,照例欢喜得大闹一场,雀跃地拿去尝新了。你受持了这赠品也表示欢喜,跟着弟妹们去了。然而过了几天,我偶然在楼窗中望下来,看见花台旁边,你拿着一包新开的巧克力,正在分给弟妹三人。他们各自争多嫌少,你忙着为他们均分。在一块缺角的巧克力上添了一张五色金银的包纸派给小妹妹了,方才三面公平。他们欢喜地吃糖了,你也欢喜地看他们吃。这使我觉得惊奇。吃巧克力,向来是我家儿童们的一大乐事。因为乡村里只有箬叶包的糖塌饼,草纸包的状元糕,没有这种五色金银的糖果;只有甜煞的粽子糖,咸煞的盐青果,没有这种异香异味的糖果。所以我每次到上海,一定要买些回来分给儿童,借添家庭的乐趣。儿童们切望我回家的目的,大半就在这"好东西"上。你向来也是这"好东西"的切望者之一。你曾经和弟妹们赌赛谁是最后吃完;你曾经把五色金银的锡纸积受起来制成华丽的手工品,使弟妹们艳羡。这回你怎么一想,肯把自己的一包藏起来,如数分给弟妹们吃呢?我看你为他们分均匀了之后表示非常的欢喜,同从前赌得了最后吃完时一样,不觉倚在楼上独笑起来。因为我忆起了你小时候的事:十来年之前,你是我家里的一个捣乱分子,每天为了要求的不满足而哭几场,挨母亲打几顿。你吃蛋只要吃蛋黄,不要吃蛋白,母亲偶然夹一筷蛋白在你的饭碗里,你便把饭粒和蛋白乱拨在桌子上,同时大喊:"要黄!要黄!"你以为凡物较好者就叫作"黄"。所以有一次你要小椅子玩耍,母亲搬一个小凳子给你,你也大喊:"要黄!要黄!"你要长竹竿玩,母亲拿一根"史的克"给你,你也大喊:"要黄!要黄!"你看不起那时候还只一二岁而不会活动的软软。吃东西时,把不好吃的东西留着给软软吃;讲故事时,把不幸的角色派给软软当。向母亲有所要求而不得允许的时候,你就高声地问:"当错软软吗?当错软软吗?"你的意思以为:软软这个人要不得,其要求可以不允许;而阿宝是一个重要不过的人,其要求岂有不允许之理?今所以不允许者,大概是当错了软软的缘故。所以每次高声地提醒你母亲,务要她证明阿宝正身,允许一切要求而后已。这个一味"要黄"而专门欺侮弱小的捣乱分子,今天在那里牺牲自己的幸福来增殖弟妹们的幸福,使我看了觉得可笑,又觉得可悲。你往日的一切雄心和梦想已经宣告失败,开始在遏制自己的要求,忍耐自己的欲望,而谋他人的幸福了;你已将走出唯我独尊的黄金时代,开始在尝人类之爱的辛味了。

  记得去年有一天,我为了必要的事,将离家远行。在以前,每逢我出门了,你们一定不高兴,要阻住我,或者约我早归。在更早的以前,我出门须得瞒过你们。你弟弟后来寻我不着,须得哭几场。我回来了,倘预知时期,你们常到门口或半路上来迎候。我所描的那幅题曰《爸爸还不来》的画,便是以你和你的弟弟等我归家为题材的。因为我在过去的十来年中,以你们为我的生活慰安者,天天晚上和你们谈故事、做游戏、吃东西,使你们都觉得家庭生活的温暖,少不来一个爸爸,所以不肯放我离家。去年这一天我要出门了,你的弟妹们照旧为我惜别,约我早归。我以为你也如此,正在约你何时回家和买些什么东西来,不意你却劝我早去,又劝我迟归,说你有种种玩意可以骗住弟妹们的阻止和盼待。原来你已在我和你母亲谈话中闻知了我此行有早去迟归的必要,决意为我分担生活的辛苦了。我此行感觉轻快,但又感觉悲哀。因为我家将少却了一个黄金时代的幸福儿。

以上原都是过去的事,但是常常切在我的心头,使我不能忘却。现在,你已做中学生,不久就要完全脱离黄金时代而走向成人的世间去了。我觉得你此行比出嫁更重大。古人送女儿出嫁诗云:"幼为长所育,两别泣不休。对此结中肠,义往难复留。"你出黄金时代的"义往",实比出嫁更"难复留",我对此安得不"结中肠"?所以现在追述我的所感,写这篇文章来送你。你此后的去处,就是我这册画集里所描写的世间。我对于你此行很不放心。因为这好比把你从慈爱的父母身旁遭嫁到恶姑的家里去,正如前诗中说:"自小阙内训,事姑贻我忧。""事姑"取甚样的态度,我难于代你决定。但希望你努力自爱,勿贻我忧而已。

约十年前,我曾作一册描写你们的黄金时代的画集(《子恺画集》)。其序文(《给我的孩子们》)中曾经有这样的话:"我的孩子们!我憧憬于你们的生活,每天不止一次!我想委曲地说出来,使你们自己晓得。可惜到你们懂得我的话时候,你们将不复是可以使我憧憬的人了。这是何等可悲哀的事啊!""但是,你们的黄金时代有限,现实终于要暴露的。这是我经验过来的情形,也是大人们谁也经验过来的情形。我眼看见儿时伴侣中的英雄、好汉,一个个退缩、顺从、妥协、屈服起来,到像绵羊的地步。我自己也是如此。'后之视今,亦犹今之视昔',你们不久也要走这条路呢!"写这些话时的情景还历历在目,而现在你果然已经"懂得我的话"了!果然也要"走这条路"了!无常迅速,念此又安得不结中肠啊!

一九三四年岁暮

儿女

回想四个月以前,我犹似押送因犯,突然地把小燕子似的一群儿女从上海的租寓中拖出,载上火车,送回乡间,关进低小的平屋中。自己仍回到上海的租界中,独居了四个月。这举动究竟出于什么旨意,本于什么计划,现在回想起来,连自己也不相信。其实旨意与计划,都是虚空的,自骗自扰的,实际于人生有什么利益呢?只赢得世故尘劳,作弄几番欢愁的感情,增加心头的创痕罢了!

当时我独自回到上海,走进空寂的租寓,心中不绝地浮起这两句《楞严经》经文:"十方虚空在汝心中,犹如白云点太清里;况诸世界在虚空耶!"

晚上整理房室,把剩在灶间里的篮钵、器皿、余薪、余米,以及其他三年来寓居中所用的家常零星物件,尽行送给来帮我做短工的邻近的小店里的儿子。只有四双破旧的小孩子的鞋子（不知为什么缘故），我不送掉，拿来整齐地摆在自己的床下，而且后来看到的时候常常感到一种无名的愉快。直到好几天之后，邻居的友人过来闲谈，说起这床下的小鞋子阴气迫人，我方始悟到自己的痴态，就把它们拿掉了。

朋友们说我关心儿女。我对于儿女的确关心，在独居中更常有悬念的时候。但我自以为这关心与悬念中，除了本能以外，似乎尚含有一种更强的加味。所以我往往不顾自己的画技与文笔的拙陋，动辄描摹。因为我的儿女都是孩子们，最年长的不过九岁，所以我对于儿女的关心与悬念中，有一部分是对于孩子们——普天下的孩子们——的关心与悬念。他们成人以后我对他们怎样？现在自己也不能晓得，但可推知其一定与现在不同，因为不复含有那种加味了。

回想过去四个月的悠闲宁静的独居生活，在我也颇觉得可恋，又可感谢。然而一旦回到故乡的平屋里，被围在一群儿女的中间的时候，我又不禁自伤了。因为我那种生活，或枯坐默想，或钻研搜求，或敷衍应酬，比较起他们的天真、健全、活跃的生活来，明明是变态的，病的，残废的。

有一个炎夏的下午，我回到家中了。第二天的傍晚，我领了四个孩子——九岁的阿宝、七岁的软软、五岁的瞻瞻、三岁的阿韦——到小院中的槐荫下，坐在地上吃西瓜。夕暮的紫色中，炎阳的红味渐渐消减，凉夜的青味渐渐加浓起来。微风吹动孩子们的细丝一般的头发，身体上汗气已经全消，百感畅快的时候，孩子们似乎已经充溢着生的欢喜，非发泄不可了。最初是三岁的孩子的音乐的表现，他满足之余，笑嘻嘻摇摆着身子，口中一面嚼西瓜，一面发出一种像花猫偷食时候的"ngam ngam"的声音来。这音乐的表现立刻唤起了五岁的瞻瞻的共鸣，他接着发表他的诗："瞻瞻吃西瓜，宝姊姊吃西瓜，软软吃西瓜，阿韦吃西瓜。"这诗的表现又立刻引起了七岁与九岁的孩子的散文的、数学的兴味：他们立刻把瞻瞻的诗句的意义归纳起来，报告其结果："四个人吃四块西瓜。"

于是我就做了评判者，在自己心中批判他们的作品。我觉得三岁的阿韦的音乐的表现最为深刻而完全，最能全般表出他的欢喜的感情。五岁的瞻瞻把这欢喜的感情翻译为（他的）诗，已打了一个折扣；然尚带着节奏与旋律的分子，犹有活跃的生命流露着。至于软软与阿宝的散文的、数学的、概念的表现，比较起来更肤浅一层。然而看他们的态度，全部精神没入在吃西瓜的一事中，其明慧的心眼，比大人们所见的完全得多。天地间最健全的心眼，只是孩子们的所有物，世间事物的真相，只有孩子们能最明确、最完全地见到。我比起他们来，真的心眼已经被世智尘劳所蒙蔽，所斲丧，是一个可怜的残废者了。我实在不敢受他们"父亲"的称呼，倘然"父亲"是尊崇的。

我在平屋的南窗下暂设一张小桌子，上面按照一定的秩序而布置着稿纸、信笺、笔砚、墨水瓶、糨糊瓶、时表和茶盘等，不喜欢别人来任意移动，这是我独居时的惯癖。我——我们大人——平常的举止，总是谨慎、细心、端详、斯文。例如磨墨、放笔、倒茶等，都小心从事，故桌上的布置每日依然，不致破坏或扰乱。因为我的手足的筋觉已经由于屡受物理的教训而深深地养成一种警惕的惯性了。然而孩子们一爬到我的案上，就捣乱我的秩序，破坏我的桌上的构图，毁损我的器物。他们拿起自来水笔来一挥，洒了一桌子又一衣襟的墨水点；又把笔尖蘸在糨糊瓶里。他们用劲拔开毛笔的铜笔套，手背撞翻茶壶，壶盖打碎在地板上……这在当时实在使我不耐烦，我不免哼喝他们，夺脱他们手里的东西，甚至批他们的小颊。然而我立刻后悔：哼喝之后立刻继之以笑，夺了之后立刻加倍奉还，批颊的手在中途软却，终于变批为抚。因为我立刻自悟其非：我要求孩子们的举止同我自己一样，何其乖谬！我——我们大人——的举止警惕，是身体手足的筋觉已经受了种种现实的压迫而痉挛了的缘故。孩子们尚保有天赋的健全的身手与真朴活跃的元气，岂像我们的穷屈？揖让、进退、规行、矩步等大人们的礼貌，犹如刑具，都是戕贼这天赋的健全的身手的。于是活跃的人逐渐变成了手足麻痹、半身不遂的残废者。残废者要求健全者的举止同他自己一样，何其乖谬！

儿女对我的关系如何？我不曾预备到这世间来做父亲，故心中常是疑惑不明，又觉得非常奇怪。我与他们（现在）完全是异世界的人，他们比我聪明、健全得多；然而他们又是我所生的儿女。这是何等奇妙的关系！世人以膝下有儿女为幸福，希望以儿女永续其自我，我实在不解他们的心理。我以为世间人与人的关系，最自然最合理的莫如朋友。君臣、父子、昆弟、夫妇之情，在十分自然合理的时候都不外乎是一种广义的友谊。所以朋友之情，实在是一切人情的基础。"朋，同类也。"并育于大地上的人，都是同类的朋友，共为大自然的儿女。世间的人，忘却了他们的大父母，而只知有小父母，以为父母能生儿女，儿女为父母所生，故儿女可以永续父母的自我，而使之永存。于是无子者叹天道之无知，子不肖者自伤其天命，而狂进杯中之物，其实天道有何厚薄于其齐生并育的儿女！我真不解他们的心理。

近来我的心为四事所占据了：天上的神明与星辰，人间的艺术与儿童。这小燕子似的一群儿女，是在人世间与我因缘最深的儿童，他们在我心中占有与神明、星辰、艺术同等的地位。

一九二八年夏作于石门湾平屋

从孩子得到的启示

一

晚上喝了三杯老酒,不想看书,也不想睡觉,捉一个四岁的孩子华瞻来骑在膝上,同他寻开心。我随口问:

"你最喜欢什么事?"

他仰起头一想,率然地回答:

"逃难。"

我倒有点奇怪"逃难"两字的意义,在他不会懂得,为什么偏偏选择它?倘然懂得,更不应该喜欢了。

我就设法探问他:

"你晓得逃难就是什么?"

"就是爸爸、妈妈、宝姐姐、软软……娘姨,大家坐汽车,去看大轮船。"

啊!原来他的"逃难"的观念是这样的!他所见的"逃难",是"逃难"的这一面!这真是最可喜欢的事!

一个月以前,上海还属孙传芳的时代,国民革命军将到上海的消息日紧一日,素不看报的我,这时候也定一份《时事新报》,每天早晨看一遍。有一天,我正在看昨天的旧报,等候今天的新报的时候,忽然上海方面枪炮声起了,大家惊慌失色,立刻约了邻人,扶老携幼地逃到附近的妇孺救济会里去躲避。其实倘然此地果真进了战线,或到了败兵,妇孺救济会也是不能救济的。

不过当时张皇失措,有人提议这办法,大家就假定它为安全地带,逃了进去。那里面地方很大,有花园、假山、小川、亭台、曲栏、长廊、花树、白鸽,孩子们一进去,登临盘桓,快乐得如入新天地了。忽然兵车在墙外轰过,上海方面的机关枪声、炮声,愈响愈近,又愈密了。大家坐定之后,听听,想想,方才觉到这里也不是安全地带,当初不过是自骗罢了。有决断的人先出来雇汽车逃往租界。每走出一批人,留在里面的人增一次恐慌。我们结合邻人来商议,也决定出来雇汽车,逃到杨树浦的沪江大学。于是立刻把小孩子们从假山中、栏杆内提出来,装进汽车里,飞奔杨树浦了。

所以决定逃到沪江大学者,因为一则有邻人与该校熟识,二则该校是外国人办的学校,较为安全可靠。枪炮声渐远渐弱,到听不见了的时候,我们的汽车已到沪江大学。他们安排一个房间给我们住,又为我们代办膳食。傍晚,我坐在校旁的黄浦江边的青草堤上,怅望云水遥忆故居的时候,许多小孩子采花、卧草,争看无数的帆船、轮船的驶行,又是快乐得如入新天地了。

次日,我同一邻人步行到故居来探听情形的时候,青天白日的旗子已经招展在晨风中,人人面有喜色,似乎从此可庆承平了。我们就雇汽车去迎回避难的眷属,重开我们的窗户,恢复我们的生活。从此"逃难"两字就变成家人的谈话的资料。

这是"逃难"。这是多么惊慌、紧张而忧患的一种经历!然而人物一无损丧,只是一次虚惊;过后回想,这回好似全家的人突发地出门游览两天。我想假如我是预言者,晓得这是虚惊,我在逃难的时候将何等有趣!素来难得全家出游的机会,素来少有坐汽车、游览、参观的机会。那一天不论时,不论钱,浪漫地、豪爽地、痛快地举行这游历,实在是人生难得的快事!只有小孩子真果感得这快味!他们逃难回来以后,常常拿香烟篓子来叠作栏杆、小桥、汽车、轮船、帆船;常常问我关于轮船、帆船的事;墙壁上及门上又常常有有色粉笔画的轮船、帆船、亭子、石桥的壁画出现。

可见这"逃难"，在他们脑中有难忘的欢乐的印象。所以今晚我无端地问华瞻最喜欢什么事，他立刻选定这"逃难"。原来他所见的，是"逃难"的这一面。

不止这一端：我们所打算、计较、争夺的洋钱，在他们看来个个是白银的浮雕的胸章；仆仆奔走的行人，血汗淙淙的劳动者，在他们看来个个是无目的地在游戏，在演剧；一切建设，一切现象，在他们看来都是大自然的点缀，装饰。

唉！我今晚受了这孩子的启示了：他能撤去世间事物的因果关系的网，看见事物的本身的真相。他是创造者，能赋给生命于一切的事物。他们是"艺术"的国土的主人。唉，我要从他学习！

二

两个小孩子，八岁的阿宝与六岁的软软，把圆凳子翻转，叫三岁的阿韦坐在里面。他们两人同他抬轿子。不知哪一个人失手，轿子翻倒了。阿韦在地板上撞了一个大响头，哭了起来。乳母连忙来抱起。两个轿夫站在旁边呆看。乳母问："是谁不好？"

阿宝说："软软不好。"

软软说："阿宝不好。"

阿宝又说:"软软不好,我好!"

软软也说:"阿宝不好,我好!"

阿宝哭了,说:"我好!"

软软也哭了,说:"我好!"

他们的话由"不好"转到了"好"。乳母已在喂乳,见他们哭了,就从旁调解:"大家好,阿宝也好,软软也好,轿子不好!"

孩子听了,对翻倒在地上的轿子看看,各用手背揩揩自己的眼睛,走开了。

孩子真是愚蒙。直说"我好",不知谦让。

所以大人要称他们为"童蒙""童昏",要是大人,一定懂得谦让的方法:心中明明认为自己好而别人不好,口上只是隐隐地或转弯地表示,让众人看,让别人自悟。于是谦虚、聪明、贤惠等美名皆在我了。

讲到实在,大人也都是"我好"的。不过他们懂得谦让的一种方法,不像孩子直说出来罢了。谦让方法之最巧者,是不但不直说自己好,反而故意说自己不好。明明在谆谆地陈理说义,劝谏君王,必称"臣虽下愚"。明明在自陈心得、辩论正义,或惩斥不良、训诫愚顽,表面上总自称"不佞""不慧",或"愚"。习惯之后,"愚"之一字竟通用作第一人称的代名词,凡称"我"处,皆用"愚"。常见自持正义而赤裸裸地骂人的文字函牍中，也称正义的自己为"愚"，而称所骂的人为"仁兄"。这种矛盾，在形式上看来是滑稽的；在意义上想来是虚伪的、阴险的。"滑稽""虚伪""阴险"，比较大人评孩子的所谓"蒙""昏"，丑劣得多了。

对于"自己"，原是谁都重视的。自己的要"生"，要"好"，原是普遍的生命的共通的大欲。今阿宝与软软为阿韦抬轿子，翻倒了轿子，跌痛了阿韦，是谁好谁不好，姑且不论；其表示自己要"好"的手段，是彻底的诚实、纯洁而不虚饰的。

我一向以小孩子为"昏蒙"。今天看了这件事，恍然悟到我们自己的昏蒙了。推想起来，他们常是诚实的，"称心而言"的；而我们呢，难得有一日不犯"言不由衷"的恶德！

唉！我们本来也是同他们那样的，谁造成我们这样呢？

一九二六年

做父亲

楼窗下的弄里远地传来一片声音:"咿哟,咿哟……"渐近渐响起来。

一个孩子从算草簿中抬起头来,张大眼睛倾听一会儿,"小鸡!小鸡!"叫了起来。四个孩子同时放弃手中的笔,飞奔下楼,好像路上的一群麻雀听见了行人的脚步声而飞去一般。我刚才扶起他们所带倒的凳子,拾起桌子上滚下去的铅笔,听见大门口一片呐喊:"买小鸡!买小鸡!"其中又混着哭声。连忙下楼一看,原来元草因为落伍而狂奔,在庭中跌了一跤,跌痛了膝盖骨不能再跑,恐怕小鸡被哥哥、姐姐们买完了轮不着他,所以激烈地哭着。我扶了他走出大门口,看见一群孩子正向一个挑着一担"咿哟,咿哟"的人招呼,欢迎他走近来。元草立刻离开我,上前去加入团体,且跳且喊:"买小鸡!买小鸡!"泪珠跟了他的一跳一跳而从脸上滴到地上。

孩子们见我出来，大家回转身来包围了我。"买小鸡！买小鸡！"的喊声由命令的语气变成了请愿的语气，喊得比前更响了。他们仿佛想把这些音蓄入我的身体中，希望它们由我的口上开出来。独有元草直接拉住了担子的绳而狂喊。

我全无养小鸡的兴趣；而且想起了以后的种种麻烦，觉得可怕。但乡居寂寥，绝对屏除外来的诱惑而强迫一群孩子在看惯的几间屋子里隐居这一个星期日，似也有些残忍。且让这个"咿哟咿哟"来打破门庭的岑寂，当作长闲的春昼的一种点缀吧。我就招呼挑担的，叫他把小鸡给我们看看。

他停下担子，揭开前面的一笼。"咿哟，咿哟"的声音忽然放大。但见一个细网的下面，蠕动着无数可爱的小鸡，好像许多活的雪球。五六个孩子蹲集在笼子的四周，一齐倾情地叫着："好来！好来！"一瞬间我的心也屏绝了思虑而没入在这些小动物的姿态的美中，体会了孩子们对于小鸡的热爱的心情。许多小手伸入笼中，竞指一只纯白的小鸡，有的几乎要隔网捉住它。挑担的忙把盖子无情地冒上，许多"咿哟，咿哟"的雪球和一群"好来，好来"的孩子就变成了咫尺天涯。孩子们怅望笼子的盖，依附在我的身边，有的伸手摸我的袋。我就向挑担的人说话：

"小鸡卖几钱一只？"

"一块洋钱四只。"

"这样小的,要卖二角半钱一只?可以便宜些否?"

"便宜勿得,二角半钱最少了。"

他说过,挑起担子就走。大的孩子脉脉含情地目送他,小的孩子拉住了我的衣襟而连叫:"要买!要买!"挑担的越走得快,他们喊得越响,我摇手止住孩子们的喊声,再向挑担的问:

"一角半钱一只卖不卖?给你六角钱买四只吧!"

"没有还价!"

他并不停步,但略微旋转头来说了这一句话,就赶紧向前面跑。"咿哟,咿哟"的声音渐渐地远起来了。

元草的喊声就变成哭声。大的孩子锁着眉头不绝地探望挑担者的背影,又注视我的脸色。我用手掩住了元草的口,再向挑担人远远地招呼:

"二角大洋一只,卖了吧!"

"没有还价!"

他说过便昂然地向前进行。悠长地叫出一声:"卖——小——鸡——!"其背影便在弄口的转角上消失了。我这里只留着一个号啕大哭的孩子。

对门的大嫂子曾经从矮门上探头出来看过小鸡,这时候就拿着针线走出来,倚在门上,笑着劝慰哭的孩子,她说:

"不要哭!等一会儿还有担子挑来,我来叫你呢!"

她又笑着向我说:

"这个卖小鸡的想做好生意。他看见小孩子哭着要买,越是不肯让价了。昨天坍墙圈里买的一角洋钱一只,比刚才的还大一半呢！"

我同她略谈了几句，硬拉了哭着的孩子回进门来。别的孩子也懒洋洋地跟了进来。我原想为长闲的春昼找些点缀而走出门口来的，不料讨个没趣，扶了一个哭着的孩子而回进来。庭中柳树正在骀荡的春光中摇曳柔条，堂前的燕子正在安稳的新巢上低回软语。我们这个刁巧的挑担者和痛哭的孩子，在这一片和平美丽的春景中很不调和啊！

关上大门，我一面为元草揩拭眼泪，一面对孩子们说：

"你们大家说'好来，好来''要买，要买'，那人就不肯让价了！"

小的孩子听不懂我的话，继续抽噎着；大的孩子听了我的话若有所思。

我继续抚慰他们：

"我们等一会儿再来买吧，隔壁大妈会喊我们的。但你们下次……"

我不说下去了。因为下面的话是"看见好的嘴上不可说好，想要的嘴上不可说要"。倘再进一步，就变成"看见好的嘴上应该说不好，想要的嘴上应该说不要"了。在这一片天真烂漫光明正大的春景中，向哪里容藏这样教导孩子的一个父亲呢？

一九三三年五月二十日

送考

今年的早秋,我不待手植的牵牛花开花,就舍弃了它们,送一群孩子到杭州来投考。

种牵牛花,扶助它们攀缘,看它们开花、结籽,是我过去的秋日的乐事。今秋我虽然依旧手植它们,但对它们的感情不及以前的好。因为我讨嫌它们一味想向上爬,盲目地好高。我在墙上加了一排竹钉,在竹钉上绊了一条绳,让它们爬;过了一二晚,它们早就爬出这排竹钉之上,须得再加竹钉了。后来我搬了梯子加竹钉,加到我离去它们的时候,墙上已有了七八排竹钉,牵牛花的卷蔓爬得比芭蕉更高,与柳梢相齐,离墙顶不过三四尺了。看它们的意思还想爬上去,好像要爬到青云之上方始满足似的。为此我讨嫌它们,不待它们开花结籽就离弃它们,伴送一群小学毕业生到杭州来投考。

这一群小学毕业生中,有我的女儿和我的亲戚朋友家的儿女。送考的也还有好几个人,父母亲戚,或先生。我名为送考,其实没有重要责任,一切都有别人指挥。实际我是对家里的牵牛花失了欢,想换一个地方去度送这早秋,而以送考为名义的。因此我颇有闲心情,可以旁观他们的投考。

坐船出门的一天,乡间旱象已成。运河两岸,水车同体操队伍一般排列着,咿呀之声不绝于耳。村中农夫全体出席踏水,已种田而未全枯的当然要出席,已种田而已全枯的也要出席,根本没有种田的也要出席;有的车上,连老太婆、妇人和十二三岁的孩子也出席。这不是平常的灌溉,这是一种伟观,人与自然奋斗的伟观!我在船窗中听了这种声音,看了这般情景,不胜感动。但那班投考的孩子们对此如同不闻不见,只管埋头在《升学指导》《初中入学试题汇观》等书中。我喊他们:

"唫!抱佛脚没有用的!看这许多人的工作!这是百年来未曾见过的状态,大家看!"

但他们的眼向两岸看了一看就回到书上,依旧埋头在书中。后来却提出种种问题来考我:

"穿山甲欢喜吃什么东西?"

"耶稣生时当中国什么朝代?"

"无烟火药是用什么东西制成的?"

"挪威的海岸线长多少哩?"

我全被他们难倒,一个问题都回答不出来。我装着内行的神气对他们说:"这种题目不会考的!"他们都笑起来,伸出一根手指点着我,说:"你考不出!你考不出!"我虽者羞,并不成怒,笑着,倚在船窗上吸香烟。后来听见他们里面有人在教我:"穿山甲欢喜吃蚂蚁的!……"我管自看那踏水的,不去听他们的话;他们也自管埋头在书中,不来睬我,直到舍舟登陆。

乘进火车里,他们又拿出书来看;到了旅馆里,他们又拿出书来看。一直看到赴考的前晚。在旅馆里我们又遇到了几个朋友的儿女,大家同去投考。赴考这一天,我五点钟就被他们噪醒,也就起个早来送他们。许多童男童女,各人挟了文具,带了一肚皮"穿山甲欢喜吃蚂蚁"之类的知识,坐黄包车去赴考。有几个十二三岁的女孩,愁容满面地上车,好像被押赴刑场似的,看了真有些可怜。

到了晚快①,许多孩子活泼泼地回来了。一进房间就凑作一堆讲话:那个题目难,这个题目易;你的答案不错,我的答案错,议论纷纷,沸反盈天。讲了半天,结果有的脸上表示满足,有的脸上表示失望。然而嘴上大家准备不取。男

---

① 晚快,指傍晚。全书同。

的孩子高声地叫:"我横竖不取的!"女的孩子恨恨地说:"我取了要死!"

他们每人投考的不止一个学校,有的考二校,有的考三校。大概省立的学校是大家共同地投考的。其次,市立的、公立的、私立的、教会的,则各人所选择不同。但在大多数的投考者和送考者的观念中,似乎把杭州的学校这样地排列着高下等第。明知自己知识不足,算术做不出;明知省立学校难考取,要十个人里头取一个,但宁愿多出一块钱的报名费和一张照片,去碰碰运气看。万一考得取,可以爬得高些。省立学校的"省"字仿佛对他们发散无限的香气,大家讲起了不胜欣羡的。

从考毕到发表的几天之内,投考者之间空气非常沉闷。有几个女生简直是寝食不安,茶饭无心。她们的胡思乱想在谈话中反反复复地吐露出来:考得得意的人,有时好像很有把握,在那里探听省立学校的制服的形式了;但有时听见人说"十个人里头取一个,成绩好的不一定统统取",就忽然心灰意懒,去讨别个学校的招生简章了。考得不得意的人嘴上虽说"取了要死",但从她们的屈指计算发表期的态度上,可以窥知她们并不绝望。世间不乏侥幸的例,万一取了,她们可以"死而复生",其欢喜岂不更大吗?然而有时她们忽然自觉这太近于梦想,问过了"发表还有几天"之后,立刻接上一句"不关我的事"。

我除了早晚听他们纷纷议论之外,白天统在外面跑,或者访友,或者觅画。有一个学校录取案发表的一天,奇巧轮到我同去看榜。我觉得看榜这一刻工夫心绪太紧张了,不教他们亲自去看;同时我也不愿意代他们去看;便想出一个调剂紧张的方法来:我同一班学生坐在学校附近一所茶店里了,教他们的先生一个人去看,看了回到茶店里来报告他们。然而这方法缓和得有限。在先生去了约一刻钟之后,大家眼巴巴地望他回来。有的人伸长了脖子向他的去处张望,有的人跨出门槛去等他。等了好久,那去处就变成了十目所视的地方,凡有来人,必牵惹许多小眼睛的注意;其中穿夏布长衫的人尤加触目惊心,几乎可使他们立起身来。久待不来,那去处堆积了无数的眼花星,而那位先生竟无辜地成了他们的冤家对头。有的女学生背地里骂他"死掉了",有的男学生料他"被公共汽车碾死了"。但他到底没有死,终于拖了一件夏布长衫,从那去处慢慢地踱回来。"回来了,回来了",一声叫后,全体肃静,许多眼睛集中在他的嘴唇上,听候发落。这数秒间的空气的紧张,是我这支自来水笔所不能描写的啊!

"谁取的""谁不取",一一从先生的嘴唇上判决下来。他的每一句话好像一个霹雳,我几乎想包耳朵。受到这种霹雳的人有的脸孔惨白了，有的脸孔通红了，有的茫然若失了，有的手足无措了，有的哭了，但没有笑的人。结果是不取的一半，取的一半。我抽了一口大气，开始想法子来安慰哭的人，我胡乱造出些话来把那学校骂了一顿，说它办得怎样不好，所以不取并不可惜。不期说过之后，哭的人果然笑了，而满足的人似乎有些怀疑了。我在心中暗笑，孩子们的心，原来是这么脆弱的啊！教他们吃这种霹雳，真是残酷！

以后在各校录取案发表的时候，我有意回避，不愿再看那种紧张的滑稽剧。但听说后来的缓和得多，一则因为那些学校被他们认为不好，取不取不足计较；二则是小胆儿吓过几回，有些儿麻木了的缘故。不久，所有的学生都捞得了一个学校。于是找保人，缴学费，又忙了几天。这时候在旅馆中所听到谈话都是"我们的学校长，我们的学校短"的一类话了。但这些"我们"之中，其亲切的程度有差别。大概考取省立学校的人所说的"我们"是亲切的，而且带些骄傲的。考不取省立学校而只得进他们所认为不好的学校的人的"我们"，大概说得不亲切些。他们预备下半年再去考省立学校，迟早定要爬高去。

旱灾比我们来时更进步了，归乡水路不通，下火车后须得步行三十里。考取了学校的人，都鼓着勇气，跑回家去取行李，雇人挑了，星夜起程跑到火车站，乘车来杭入学。考取省立学校的人尤加起劲，跑路不嫌辛苦，置备入学用品也不惜金钱。似乎能够考得进去，便有无穷的后望，可以一辈子荣华富贵，吃用不尽似的。

我吃不下跑路，被旱灾阻留在杭州了。我教我的女儿们也不须回家，托人带信去教家里人把行李送来。行李送来时，带到了关于牵牛花的消息：据说我所手植的牵牛花至今尚未开花，是天时奇旱的缘故。我姊给我的信上说："你去后我们又加了几次竹钉。现在爬是爬得很高，几乎爬上墙顶了。但是旱得厉害，枝叶都憔悴，爬得高也没有用，看来不会开花结籽的。"

一九三四年九月十日于西湖招贤寺

南颖访问记

南颖是我的长男华瞻的女儿。七月初有一天晚上,华瞻从江湾的小家庭来电话,说保姆突然走了,他和志蓉两人都忙于教课,早出晚归,这个刚满一岁的婴孩无人照顾,当夜要送到这里来交祖父母暂管。我们当然欢迎。深黄昏,一辆小汽车载了南颖和他父母到达我家,住在三楼上。华瞻和志蓉有时晚上回来伴她宿;有时为上早课,就宿在江湾,这里由我家的保姆英娥伴她睡。

第二天早上,我看见英娥抱着这婴孩,教她叫声公公。但她只是对我看看,毫无表情。我也毫不注意,因为她不会讲话,不会走路,也不哭,家里仿佛新买了一个大洋囡囡,并不觉得添了人口。

大约默默地过了两个月,我在楼上工作,渐渐听见南颖的哭声和学语声了。她最初会说的一句话是"阿姨"。这是对英娥有所要求时叫出的。但是后来发音渐加变化,"阿呀""阿咦""阿也"。这就变成了欲望不满足时的抗议声。譬如她指着扶梯要上楼,或者指着门要到街上去,而大人不肯抱她上来或出去,她就大喊:"啊呀!啊呀!"语气中仿佛表示:"啊呀!这一点要求也不答应我!"

第二句会说的话是"公公"。然而也许是"咯咯",就是鸡。因为阿姨常常抱她到外面去看邻家的鸡,她已经学会"咯咯"这句话。后来教她叫"公公",她不会发鼻音,也叫"咯咯";大人们主观地认为她是叫"公公",欢欣地宣传:"南颖会叫公公了!"我也主观地高兴,每次看见了,一定抱抱她,体验着古人"含饴弄孙"之趣。然而我知道南颖心里一定感到诧异:"一只鸡和一个出胡须的老人,都叫作'咯咯',人的语言真奇怪!"

此后她的语汇逐渐丰富起来:看见祖母会叫"阿婆";看见鸭会叫"Ga-Ga";看见挤乳的马会叫"马马";要求上楼时会叫"尤尤"(楼楼);要求出外时会叫"外外";看见邻家的女孩子会叫"几几"(姊姊)。从此我逐渐亲近她,常常把她放在膝上,用废纸画她所见过的各种东西给她看,或者在画册上教她认识各种东西。她对平面形象相当敏感:如果一幅大画里藏着一只鸡或一只鸭,她会找出来,叫"咯咯""Ga-Ga"。她要求很多,意见很多;然而发声器官尚未发达,无法表达她的思想,只能用"嗯,嗯,嗯,嗯"或哭来代替言语。有一次她指着我案上的文具连叫"嗯,嗯,嗯,嗯"。我知道她是要那支花铅笔,就对她说:"要笔,是不是?"她不嗯了,表示是。我就把花铅笔拿给她,同时教她:"说'笔'!"她的嘴唇动动,笑笑,仿佛在说:"我原想说'笔',可是我的嘴巴不听话呀!"

在这期间,南颖会自己走路了。起初扶着凳子或墙壁,后来完全独步了;同时要求越多,意见越多了。她欣赏我的手杖,称它为"都都"。因为她看见我常常拿着手杖上车子去开会,而车子叫"都都",因此手杖也就叫"都都"。她要求我左手抱了她,右手拿着拐杖走路。更进一步,要求我这样地上街去买花。这种事我不胜任,照理应该拒绝。然而我这时候自己已经化作了小孩,觉得这确有意思,就鼓足干劲,一手抱着孩子,一手拿着拐杖,走出里门,在人行道上慢慢地踱步。有一个路人向我注视了一会,笑问:"老伯伯,你抱得动吗?"我这才觉悟了我的姿态的奇特:凡拿手杖,总是无力担负自己的身体,所以叫手杖扶助的;可是现在我左手里却抱着一个十五六个月的小孩!这矛盾岂不可笑?

她寄居我家一共五个多月。前两个多月像洋囡囡一般无声无息;可是后三个多月她的智力迅速发达,眼见得由洋囡囡变成了一个人,一个全新的人。一切生活在她都是初次经验,一切人事在她都觉得新奇。记得《西青散记》的序言中说:"予初生时,怖夫天之乍明乍暗,家人曰:昼夜也。怪夫人之乍有乍无,家人曰:生死也。"南颖此时的观感正是如此。在六十多年前,我也曾有过这种观感。然而六十多年的世智尘劳早已把它磨灭殆尽,现在只剩得依稀仿佛的痕迹了。由于接近南颖,我获得了重温远昔旧梦的机会,瞥见了我的人生本来面目。有时我屏绝思虑,注视着她那天真烂漫的脸,心情就会迅速地退回到六十多年前的儿时,尝到人生的本来滋味。这是最深切的一种幸福,现在只有南颖能够给我。三个多月以来我一直照管她,她也最亲近我。虽然为她相当劳瘁,但是她给我的幸福足可以抵偿。她往往不讲情理,恣意要求。例如当我正在吃饭的时候定要我抱她到"尤尤"去;深夜醒来的时候放声大哭,要求到"外外"去。然而越是恣意,越是天真,越是明显地衬托出世间大人们的虚矫,越是使我感动。所以华瞻在江湾找到了更宽敞的房屋,请到了保姆,要接她回去的时候,我心中发生了一种矛盾:在理智上乐愿她回到父母的新居,但在感情上却深深地对她惜别,从此家里没有了生气蓬勃的南颖,只得像杜甫所说:"寂寞养残生"了。那一天他们准备十点钟动身,我在九点半钟就悄悄地拿了我的"都都",出门去了。

我十一点钟回家,家人已经把壁上所有为南颖作的画揭去,把所有的玩具收藏好,免得我见物怀人。其实不必如此，因为这毕竟是"欢乐的别离"；况且江湾离此只有一小时的旅程，今后可以时常来往。不过她去后，我闲时总要想念她。并不是想她回来，却是想她做何感想。十七八个月的小孩，不知道世间有"家庭""迁居""往来"等事。她在这里由洋囡囡变成人，在这里开始有知识；对这里的人物、房屋、家具、环境已经熟悉。她的心中已经肯定这里是她的家了。忽然大人们用车子把她载到另一个地方，这地方除了过去晚上有时看到的父母之外，保姆、房屋、家具、环境都是陌生的。"一向熟悉的公公、阿婆、阿姨哪里去了？一向熟悉的那间屋子哪里去了？一向熟悉的门巷和街道哪里去了？这些人物和环境是否永远没有了？"她的小头脑里一定发生这些疑问。然而无人能替她解答。

　　我想用事实来替她证明我们的存在，在她迁去后一星期，到江湾去访问她。坐了一小时的汽车，来到她家门前。一间精小的东洋式住宅门口，新保姆抱着她在迎接我。南颖向我凝视片刻，就要我抱，看看我手里的"都都"。然而目光呆滞，脸无笑容，很久默默不语，显然表示惊奇和怀疑。我推测她的小心里正在想："原来这个人还在。怎么在这里出现？那间屋子存在不存在？阿婆、阿姨和'几几'存在不存在？"我要引起她回忆，故意对她说："尤尤，公公，都都，外外，买花花。"她的目光更加呆滞了，表情更加严肃了，默默无言了很久。我想这时候她的小心境中大概显出两种情景。其一是：走上楼梯，书桌上有她所见惯的画册、笔砚、烟灰缸、茶杯；抽斗里有她所玩惯的显微镜、颜料瓶、图章、打火机；四周有特地为她画的小图画。其二是：电车道旁边的一家鲜花店，一个满面笑容的卖花人和红红绿绿的许多花；她的小手手拿了其中的几朵，由公公抱回家里，插在茶几上的花瓶里。但不知道这时候她心中除了惊疑之外，是喜是悲，是怒是慕。

我在她家逗留了大半天，趁她沉沉欲睡的时候悄悄地离去。她照旧依恋我。这依恋一方面使我高兴，另一方面又使我惆怅：她从热闹的都市里被带到这幽静的郊区，笼闭在这沉寂的精舍里，已经一个星期，可能尘心渐定。今天我去看她，这昙花一现，会不会促使她怀旧而增长她的疑窦？我希望不久迎她到这里来住几天，再用事实来给她证明她的旧居的存在。

二 天真世界

华瞻的日记

一

隔壁二十三号里的郑德菱,这人真好!今天妈妈抱我到门口,我看见她在水门汀上骑竹马。她对我一笑,我分明看出这一笑是叫我去一同骑竹马的意思。我立刻还她一笑,表示我极愿意,就从母亲怀里走下来,和她一同骑竹马了。两人同骑一枝竹马,我想转弯了,她也同意;我想走远一点,她也欢喜;她说让马儿吃点草,我也高兴;她说把马儿系在冬青上,我也觉得有理。我们真是同志和朋友!兴味正好的时候,妈妈出来拉住我的手,叫我去吃饭。我说:"不高兴。"妈妈说:"郑德菱也要去吃饭了!"果然郑德菱的哥哥叫着"德菱",也走出来拉住郑德菱的手去了。我只得跟了妈妈进去。当我们将走进各自的门口的时候,她回头向我一看，我也回头向她一看，各自进去，不见了。

　　我实在无心吃饭。我晓得她一定也无心吃饭。不然，何以分别的时候她不对我笑，而且脸上很不高兴呢？我同她在一块，真是说不出的有趣。吃饭何必急急？即使要吃，尽可在空的时候吃。其实照我想来，像我们这样的同志，天天在一块吃饭，在一块睡觉，多好呢？何必分作两家？即使要分作两家，反正爸爸同郑德菱的爸爸很要好，妈妈也同郑德菱的妈妈常常谈笑，尽可你们大人作一块，我们小孩子作一块，不更好吗？

　　这"家"的分配法，不知是谁定的，真是无理之极了。想来总是大人们弄出来的。大人们的无理，近来我常常感到，不止这一端：那一天爸爸同我到先施公司去，我看见地上放着许多小汽车、小脚踏车，这分明是我们小孩子用的；但是爸爸一定不肯给我拿一部回家，让它许多空摆在那里。回来的时候，我看见许多汽车停在路旁；我要坐，爸爸一定不给我坐，让它们空停在路旁。又有一次，娘姨抱我到街里去，一个捆着许多小花篮的老太婆，口中吹着笛子，手里拿着一只小花篮，向我看，把手中的花篮递给我；然而娘姨一定不要，急忙抱我走开去。这种小花篮，原是小孩子玩的，况且那老太婆明明表示愿意给我，娘姨何以一定叫我不要接呢？娘姨也无理，这大概是爸爸教她的。

我最喜欢郑德菱。她同我站在地上一样高,走路也一样快,心情志趣都完全投合。宝姊姊或郑德菱的哥哥,有些不近情的态度,我看他们不懂。大概是他们身体长大,稍近于大人,所以心情也稍像大人的无理了。宝姊姊常常要说我"痴"。我对爸爸说,要天不下雨,好让郑德菱出来,宝姊姊就用指点着我,说:"瞻瞻痴!"怎么叫"痴"?你每天不来同我玩耍,夹了书包到学校里去,难道不是"痴"吗?爸爸整天坐在桌子前,在文章格子上一格一格地填字,难道不是"痴"吗?天下雨,不能出去玩,不是讨厌的吗?我要天不要下雨,正是近情合理的要求。我每天晚快听见你要爸爸开电灯,爸爸给你开了,满房间就明亮;现在我也要爸爸叫天不下雨,爸爸给我做了,晴天岂不也爽快呢?你何以说我"痴"?郑德菱的哥哥虽然没有说我什么,然而我总讨厌他。我们玩耍的时候,他常常板起脸,来拉郑德菱,说:"赤了脚到人家家里,不怕难为情!"又说:"吃人家的面包,不怕难为情!"立刻拉了她去。"难为情"是大人们惯说的话,大人们常常不怕厌气,端坐在椅子里,点头,弯腰,说什么"请,请""对不起""难为情"一类的无聊的话,他们都有点像大人了!

啊!我很少知己!我很寂寞!母亲常常说我"会哭",我哪得不哭呢?

二

今天我看见一种奇怪的现状：

吃过糖粥，妈妈抱我走到吃饭间里的时候，我看见爸爸身上披一块大白布，垂头丧气地朝外坐在椅子上，一个穿黑长衫的麻脸的陌生人，拿一把闪亮的小刀，竟在爸爸后头颈里用劲地割。啊哟！这是何等奇怪的现状！大人们的所为，真是越看越稀奇了！爸爸何以甘心被这麻脸的陌生人割呢？痛不痛呢？

更可怪的，妈妈抱我走到吃饭间里的时候，她明明也看见这爸爸被割的骇人的现状。然而她竟毫不介意，同没有看见一样。宝姊姊夹了书包从天井里走进来，我想她见了一定要哭，谁知她只叫一声"爸爸"，向那可怕的麻子一看，就全不经意地到房间里去挂书包了。前天爸爸自己把手指割开了，他不是大叫"妈妈"，立刻去拿棉花和纱布来吗？今天这可怕的麻子咬紧了牙齿割爸爸的头，何以妈妈和宝姊姊都不管呢？我真不解了。可恶的，是那麻子。他耳朵上还夹着一支香烟，同爸爸夹铅笔一样。他一定是没有铅笔的人，一定是坏人。

后来爸爸挺起眼睛叫我："华瞻，你也来剃头，好否？"

爸爸叫过之后，那麻子就抬起头来，向我一看，露出一颗闪亮的金牙齿来。我不懂爸爸的话是什么意思，我真怕极了。我忍不住抱住妈妈的项颈而哭了。这时候妈妈、爸爸和那个麻子说了许多话，我都听不清楚，又不懂，只听见"剃头""剃头"，不知是什么意思。我哭了，妈妈就抱我由天井里走出门外。走到门边的时候，我偷眼向里边一望，从窗缝窥见那麻子又咬紧牙齿，在割爸爸的耳朵了。

门外有学生在抛球，有兵在体操，有火车开过。妈妈叫我不要哭，叫我看火车。我悬念着门内的怪事，没心情去看风景，只是凭在妈妈的肩上。

我恨那麻子，这一定不是好人。我想对妈妈说，拿棒去打他。然而我终于不说。因为据我的经验，大人们的意见往往与我相左。他们往往不讲道理，硬要吃最不好吃的"药"，硬要我做最难当的"洗脸"，或坚不许我弄最有趣的水、最好看的火。今天的怪事，他们对之都漠然，意见一定又是与我相左的。我若提议去打，一定不被赞成。横竖拗不过他们，算了吧。我只有哭！最可怪的，平常同情于我的弄水弄火的宝姊姊，今天也跳出门来笑我，跟了妈妈说我"痴子"。我只有独自哭！有谁同情于我的哭呢？

到妈妈抱了我回来的时候，我才仰起头，预备再看一看，这怪事怎么样了？那可恶的麻子还在否？谁知一跨进墙门槛，就听见"啪，啪"的声音，走进吃饭间，我看见那麻子正用拳头打爸爸的背。"啪,啪"的声音,正是打的声音。可见他一定是用力打的,爸爸一定很痛。然而爸爸何以任他打呢?妈妈何以又不管呢?我又哭。妈妈急急地抱我到房间里,对娘姨讲些话,两人都笑起来,都对我讲了许多话。然而我还听见隔壁打人的"啪,啪"的声音,无心去听她们的话。

爸爸不是说过"打人是最不好的事"吗?那一天软软不肯给我香烟牌子,我打了她一掌,爸爸曾经骂我,说我不好;还有那一天我打碎了寒暑表,妈妈打了我一下屁股,爸爸立刻抱我,对妈妈说"打不行"。何以今天那麻子在打爸爸,大家不管呢?我继续哭,我在妈妈的怀里睡去了。

我醒来,看见爸爸坐在披雅娜(即钢琴)旁边,似乎无伤,耳朵也没有割去,不过头很光白,像和尚了。我见了爸爸,立刻想起了睡前的怪事,然而他们——爸爸、妈妈等——仍是毫不介意,绝不谈起。我一回想,心中非常恐怖又疑惑。明明是爸爸被割项颈,割耳朵,又被用拳头打,大家却置之不问,任我一个人恐怖又疑惑。唉!有谁同情于我的恐怖?有谁为我解释这疑惑呢?

一九二七年初夏

儿童节前夜

儿童节的前一天,星期五,放学时,弟弟背了书包跳进门来,口里喊着:"明天庆祝会!后天星期日!我要快活煞了!——姆妈!吃点东西!"不管三七廿一,撞进姆妈怀里,把她手里的毛线针上的线纽撞脱了一大段。

姆妈皱着眉头笑道:"哎呀,把你自己的毛线衫撞坏了!——'东西'没有!'南北'要不要吃?"弟弟也笑着说道:"'南北'我也要吃的。姆妈给我吃点'南北'!"同时把手张开了伸到姆妈下巴边。

姆妈仰起头避开他的手,一面修整了被他撞脱的线纽。然后起身说道:"今天茂春姑夫来拿镇东的照片,送一篮山芋在这里。是他家老太太藏着的风干山芋,很甜的。同姐姐去削一个吃吃吧。"她把毛线衫搁在茶几上,走到里面,从长台下拖出一篮山芋来,拣一个圆肥的给了弟弟。弟弟捧着山芋向我走来，口里叫着："吃'南北'了！姐姐相帮我削'南北'！"大家笑起来。伏在书室里写字的爸爸也搁住笔笑了。

我在厢房里的桌子上铺一张报纸，把山芋皮削在报纸上。削好之后，剖作四块，先教弟弟拿两块去送爸爸姆妈吃。然后打扫桌子，和弟弟坐着，各用小刀把山芋切成小片，慢慢地吃。这真是好东西：不但味道又脆又甜，切出来的样子也好看，仿佛一块一块的白大理石。我切一块圆形的。弟弟看了眼热，也切一块正方的，把四边刻脱些，成了一个卐字形。我说："你的卐是德国旗，废弃'洛迦诺条约'的希特拉（希特勒）的国旗，你为什么给他造国旗？"弟弟想了一想说："我要打倒他！"就拿起山芋做的卐来，在桌子上拼命地拍。拍了一会，对着桌子上的水印惊奇地叫道："你看！许多卐纹图案！好看得很！"我向桌子上一看，果然打着许多卐纹的水印子，非常清楚。不知不觉地叫道："咦！这可代替印刷机的呢！我们拿山芋来刻个花纹，涂些墨，印在纸上，就同木版画一样！"弟弟听了很高兴，就拿吃剩的一块山芋要我刻。我说："真个要刻，我们须得再去拣一个大的山芋来，可以刻得大些。这个你只管吃吧。"弟弟哪里有心再吃？他丢了吃剩的，立刻跑到长台底下去拣山芋。不久捧了一个又长又大的山芋逃来，轻轻地笑道："姆妈没有看见!"我用刀把山芋直剖开来,其面积比我的手还大,很可以刻些花头。然而刻什么呢?正在同弟弟商量这个问题,只听见窗外有脚步声。回头一看,一个人影正在离开窗去。弟弟叫问"是谁"?就追了出去。我也伸首门外去看。原来那人影是华明,弟弟捉住他的臂,问:"华明来玩!为什么张一张就回去?"华明红着脸说:"你们在吃东西。我明天再来玩吧!"弟弟说:"我们不是吃'东西',是玩'南北'呀!很好玩的,正盼望你来一同玩!"华明被弄得莫名其妙,就被弟弟拉了进来。我把我们的印刷计划告诉华明。华明缩一缩鼻涕,兴味津津地说道:"我爸爸前天到上海看了苏联木版画展览会来,据说他们的画都是用木头刻了,印刷在纸上的。他带了许多木版画来,我看有几幅很简单,只是几个黑影,倒也很像,很好看。我们可以刻刻'山芋版画'看!"我们就把刻什么的问题同华明商量。华明又缩一缩鼻涕,说:"明天开儿童节庆祝会,我们刻一个儿童节的纪念物,自己印刷了,送给朋友,不很好吗?"弟弟说:"好!刻个贺片,恭贺儿童节,同恭贺新禧一样!"我说:"儿童节送贺片不大好,还是刻个书签,倒可以永久保存。"大家赞成。弟弟就要我刻。我踌躇地说:"要先画了,才好刻呢。"华明摸摸山芋的断面,连缩两缩鼻涕,说:"这里有水,不好画;况且画了印出来是相反的。还是先画在薄纸上,把薄纸粘上去,照着了刻。印出来便是正的了。"我们都说"不错"。我就找一张薄纸,先画一个书签形的长方框子,然后考虑里面的图案。华明仰起头想了一会,说:"画个儿童放风筝。风筝是向上的,表示进步。"我想了一想说:"意思很好;不过风筝的线是斜的,我们这书签形式是狭长的,配不进去。我看,还是画个氢气球。氢气球也是向上的。"大家说好。我就画了。弟弟说:"下面太空,画个猫儿吧,猫儿是可爱的!"我依他画了。华明说:"总要有几个字才好。用阴文,刻在上边'儿童节纪念',也不很难刻。下面再刻'一九三六'四个字,表示它是今年印送的。"我们都赞成。薄纸儿上的底稿就描成了。正想粘上去刻,天色已黑,将近吃夜饭了。我们留华明在我家吃夜饭,吃过饭相帮刻,相帮印。华明不肯,说吃了夜饭就来,一溜烟去了。

我们没有吃完夜饭,华明已先来。我和弟弟大家少吃一碗饭,连忙漱了口走进厢房,看见华明已把底稿粘在山芋上,正在刻了。看他刻下去很松脆,非常有趣。弟弟同他夺来刻。画统被他们刻好了,剩下的文字要归我刻。我说:"你们太便宜了!饶饶你们吧!"其实我觉得刻画太容易,还是刻文字有趣。越刻越有趣。不到一刻工夫,已经刻完了五个中国字和四个数字。我似觉刻得不够,能得再刻几个才好。

怎样印刷呢？弟弟说用毛笔涂上蓝墨水，印在图画纸上。华明说："蓝墨水里羼些红墨水，变成紫的，颜色更华丽。印在淡黄色的厚纸上，黄和紫是很调和的。"我说："哪里去找这种纸？"他指点窗缘上说："我带来着。"打开一看，原来是华先生描色粉笔画用的淡黄色的厚纸。弟弟说："哼！你从你爸爸那里偷来的？"华明不理他，管自卷起衣袖调墨水，开始印刷，活像一个印刷工人。我们便做他的助手。印出来的很好看，比印着电影明星的书签好看得多。每印一张，弟弟喝一声彩。

"山芋版画"的印刷品铺满了厢房里的茶几上，椅子上，藤榻上和地板上。数一数看，共有七十张。我们六年级里三十人，弟弟和华明的五年级里三十四人。每人分送一张，共需六十四张，还可选去六张坏的。时光已经不早，华明要回家了。但是"山芋版画"还没有干。我说："让它们铺着，明天一早我们带到学校里吧。"华明说："好。"临去时他又回转身来，选了一张较干的，说："让我先带一张去，给爸爸看看。……明天会！"

一九三六年

洋蜡烛油

大热一连五天,都在九十六度[①]以上,一点书也看不进,真是讨厌。大雨足足下了半天,檐头水溅进窗内,湿透了我的《初中入学试题集》,可惜得很。做短工的阿四还要欢喜赞叹:"一阵热,一阵雨,爷做天也没有这样好!"我问他理由,他只管眼看着天叫道:"落下来的都是金子呀!"我听不懂。问了姆妈,才知道夏天一场大热,一场大雨,田稻可以丰收!所以农人最欢喜。早知如此,我对于天热不会那样讨厌,我那册书湿透也没有什么可惜了。我把湿书放在灶山上,吃过夜饭后已烘干了。

连日因为天热没有看书。这一天雨后晚凉,我同弟弟就在灯下读书。他读《续爱的教育》,我很羡慕他。因为我所

---

① 九十六度,此处指36℃。

读的那册烘干书,很少趣味。尤其是那些数目字——现在世间的植物共有多少种?孙中山先生预备筑的铁路长若干里?——怎么记得牢呢?弟弟又不绝地把好看的地方讲给我听,安利珂什么样了,舅父什么样了,使我完全无心记诵这些枯燥的试题。爸爸原说:"这种书不犯着读,即使因此考取了,也好比打着航空券,是侥幸的。"但先生深恐我们不取,坍母校的台,教预备升学的几个人在暑假里人手一册,我也就姑且读读。但这晚同弟弟的比较之下,我的工作变成无聊透顶!当时我下决心:明天起,听从爸爸的话,温习小学时代所读过的旧书。正如爸爸所说:"硬记试题,考取了不算光荣;习熟各科,考不取不算失败。"今晚夜凉如水,另做些有趣味的工作吧。

我抛了试题集,同弟弟共看了一回《续爱的教育》,电灯打个招呼,原来辰光已近十一点钟,再过五分钟,我们这小镇上的发电机要休息了。但我们的兴味还不许我们休息。我赶紧找洋蜡烛。找到的洋蜡烛使人看了发笑:因为白天太热,它们都从烛台上软倒来,弯成半只玉镯的模样,我用手捏了一会,才得扶直了。弟弟从烛台取下蜡泪,把它捏成黏土模样,拿到麦柴扇上去用力一揿,看了印着的纹样欢喜地叫道:"啊,很清楚的图案!雕刻家也刻不成的!"我挨近去一看,固然美妙得很。那阴文的麦柴纹条条都很清楚,倘用黏土填进去，可以印出同麦柴扇一样的阳文的浮雕来。我就计上心来，对弟弟说："我们用洋蜡烛油来翻造洋囡囡的脸孔好不好？"弟弟说："怎样翻造呢？"我说："我们先用洋蜡烛油揿在洋囡囡的脸孔上，造成一个阴文的模子。等它硬了，就可翻印。印出来的不是同洋囡囡的脸孔一样吗？"弟弟赞成。我们的雕塑就在半夜里开工了。

先收集蜡泪，积了小拳头大的一块。然后开开玩具橱，选出两个洋囡囡来：一个面团团的阿福，一个尖头大眼的蔻贝。把蜡平分为两块，我捏一块，弟弟捏一块，捏到柔软了的时候，我的覆在阿福的脸上，弟弟的覆在蔻贝的脸上。"气闷杀了！气闷杀了！"弟弟喊了几声，连忙拿去蜡块，蜡块里已经印着很清楚的蔻贝的脸孔了。"同阿福比比看，谁清楚？"弟弟催我拿去蜡块，"啊哟，阿福愈加清楚！"

"有了模子，怎样翻造呢？"我提出这问题。弟弟说："用烂泥吧，今天阿四挑了许多烂泥在花台里。"我说："烂泥太龌龊。况且半夜三更到院子里去取烂泥，姆妈知道了又要说话。我看仍旧用洋蜡烛油印，来得干净。"弟弟说："蜡同蜡黏合了怎么办呢？况且蜡已经没有了！"我说："我自有办法。"我记得姆妈缝纫时，常用洋蜡烛头在布上擦一擦，然后下针。这洋蜡烛头就藏在她的针线盘里，我们偷偷地走进她的卧房，找到了她的针线盘，偷了她这件宝贝回来。我们把模子浸在冷水里,使它们硬起来;把蜡烛头切成两段,用手捏弄,使它们软起来。捏得很柔软了,急忙从水中取出模子,把软蜡嵌进模子里头。用大拇指捺了好久,取出一看,两只脸孔同洋囡囡的一样,不过变了羊脂白玉色,越发可爱了。弟弟喊起来:"好啊!大功告成!"

这喊声惊动了爸爸。原来他还没有睡,也趁着晚凉在书室里看书。这时候他携着一支电筒,走进我们的房里来探问:"半夜三更告成了什么大功?"弟弟连忙藏了模子,拿两只白玉的脸给爸爸看,说道:"爸爸,我同姐姐都会塑造了,你看这塑得好不好?"爸爸相了一会,笑道:"好倒是很好的。不过你们哪里来的模子?瞒我不过的。"我们就把模子和制法和盘托出。他又笑道:"法子倒也想得巧妙的。倘能不用模子,用手指捏造出来,你们两个都变成大雕刻家罗丹了。"我们不懂这话,求他解说。爸爸回到书室里去拿了一张雕像的印刷品来给我们看,对我们讲下面一段话:

"二十年前死去的法国一位大雕塑家,叫作罗丹(Auguste Rodin,1840—1917)。这个题名《考虑》(《思想者》)的裸体人像,便是他的杰作。他是近代世界最大的雕刻家。因为从前的雕刻法,都有一定的格式,好像我们这里的佛像,身体各部的雕法有定规。所以雕出来的往往不像实际的人体。这叫作'古典派'。"爸爸指着弟弟说:"上次我给你看的希腊雕刻维娜斯(维纳斯)像,便是古典派的。"又继续说道:"到了罗丹,开始废弃一切定规,完全依照实际的人体而雕塑。所以雕出来的全同真的人体一样。他所创造的这一派叫作'写实派'。他的写实派雕塑最初在展览会里出品时,法国的人大都不相信他凭空雕出,说他一定是从活人取了模子——好比你们用洋蜡烛油覆在阿囡囡脸上取模子一样——而翻造出来的。法国政府认为这是残酷的办法,应该禁止。罗丹向他们辩解,他们不信。于是罗丹说:'你们不信,让我再雕几个小"大人"像给你们看。'过了几时,他雕成了一群小像——意大利大诗人但丁(Dante)的名作《神曲》的《地狱篇》中的人物,题名曰《地狱之门》——各像不过一二尺高。于是他拿去给批评者看,对他们说道:'你们说我从活人取模子,请问这些像的模子从哪里去取?难道我到"小人国"里去取来不成?'批评者方始确信他的写实手腕的高妙,从此大家尊重他为世界最大的雕塑家,他的一派就成为现代雕塑的模范。你们看这幅图:寸法,筋肉,姿势,全同实际一样。姿势尤加表现得好:你看这人的'考虑'多么深刻,好像要解决一个极重大的难问题,在那里呕心沥血地考虑,连脚指头都在那里考虑。"讲到这里,大家笑起来。

姆妈被笑声惊醒,从隔壁房里喊道:"半夜三更还不睡觉，笑什么？你们爸爸也同你们一般样见识，不晓得催你们睡！"爸爸伸伸舌头，拿着电筒出去了。我们各人拿一个羊脂白玉头像放在枕畔，然后就寝。

竹影

这一天我很不快活,又很快活。所不快活的,这是五卅国耻纪念,说起"五卅"这两个字,一副凶恶的脸孔和一堆鲜红的血立刻出现在我的脑际,不快之念随之而生。所快活的,这是星期六,晚饭后可以任意游乐,没有明天的功课催我就寝。况且早上我听见弟弟和华明打过"电报":弟弟对他说"今——放——后,你——我——玩",华明回答他说"放——后——行,吃——夜——后,我——你——玩"。他们常用这种的简略话当作暗号,称之为"打电报",但我一听就懂得他们的意思:弟弟对他说的是"今天放学后,你到我家玩",华明回答的是"放学后不行,吃过夜饭后,我到你家玩"。华明本来是很会闹架儿的一个人,近来不知怎样一来,把闹架儿的工夫改用在玩意儿上了,和我们非常亲热。我们种种有趣的玩意儿,没有他参加几乎不能成行。这一天吃过夜饭后他来我家玩，我知道一定又有什么花头。星期六的晚上，两三个亲热的同学聚会在一起，这是何等快活的事！

暑气和沉闷伴着了"五卅"来到人间。吃过晚饭后，天气还是闷热。窗子完全开开了，房间里还坐不牢。太阳虽已落山，天还没有黑。一种幽暗的光弥漫在窗际，仿佛电影中的一幕。我和弟弟就搬了藤椅子，到屋后的院子里去乘凉。同时关照徐妈，华明来了请他到院子里来。

我们搬三只藤椅子，放在院角的竹林里，两只自己坐了，空着一只待华明来坐。天空好像一盏乏了油的灯，红光渐渐地减弱。我把眼睛守定西天看了一会，看见那光一跳一跳地沉下去，非常微细，但又非常迅速而不可挽救。正在看得出神，似觉眼梢头另有一种微光，渐渐地在那里强起来。回头一看，原来月亮已在东天的竹叶中间放出她的清光。院子里的光景已由暖色变成寒色，由长音阶（大音阶）变成短音阶（小音阶）了。门口一个黑影出现，好像一只立起的青蛙儿，向我们跳将过来。来的是华明。

"嗄，你们惬意得很！这椅子给我坐的？"他不待我们回答，一屁股坐在藤椅上，剧烈地摇他的两脚。他的椅子背所靠着的那根竹，跟了他的动作而发抖，上面的竹叶作出潇潇的声音来。这引动了三人的眼，大家仰起头来向天空看。

月亮已经升得很高,隐在一丛竹叶中。竹叶的摇动把她切成许多不规则的小块,闪烁地映入我们的眼中。大家赞美了一番之后,弟弟说:"可耻的五卅快过去了!"华明说:"可乐的星期日快来到了!"我说:"可爱的星期六晚上已经在这里了!我们今晚干些什么呢?"弟弟说:"我们谈天吧。我先有一个问题给你们猜:细看月亮光底下的人影,头上出烟气。这是什么道理?"我和华明都不相信,于是大家走出竹林外,蹲下来看水门汀上的人影。我看了好久,果然看见头上有一缕一缕的细烟,好像漫画里所描写的动怒的人。"是口里的热气吧?""是头上的汗水在那里蒸发吧?"大家蹲在地上争论了一会,没有解决。华明的注意力却转向了别处;他从身边摸出一支半寸长的铅笔来,在水门汀上热心地描写自己的影。描好了,立起来一看,真像一只青蛙,他自己看了也要笑。徘徊之间,我们同时发现了映在水门汀上的竹叶的影子,同声地叫起来:"啊!好看啊!中国画!"华明就拿半寸长的铅笔去描。弟弟手痒起来,连忙跑进屋里去拿铅笔。我学他的口头禅喊他:"对起,对起,给我也带一支来!"不久他拿了一把木炭来分送我们。华明就收藏了他那半寸长的法宝,改用木炭来描。大家蹲下去,用木炭在水门汀上参参差差地描出许多竹叶来。一面谈着:"这一枝很像校长先生房间里的横幅呢!""这一丛很像我家堂前的立轴呢!""这是《芥子园》画谱里的!""这是吴昌硕的!"忽然一个大人的声音在我们头上慢慢地响出来:"这是管夫人的!"大家吃了一惊,立起身来,看见爸爸反背着手立在水门汀旁的草地上看我们描竹,他明明是来得很久了。华明难为情似的站了起来,把拿木炭的手藏在背后,似乎恐防爸爸责备他弄脏了我家的水门汀。爸爸似乎很理解他的意思,立刻对着他说道:"谁想出来的?这画法真好玩呢!我也来描几瓣看。"弟弟连忙拣木炭给他。爸爸也蹲在地上描竹叶了,这时候华明方才放心,我们也更加高兴,一边描,一边拿许多话问爸爸:

"管夫人是谁?""她是一位善于画竹的女画家。她的丈夫名叫赵子昂,是一位善于画马的男画家。他们是元朝人,是中国很有名的两大夫妻画家。"

"马的确难画,竹有什么难画呢?照我们现在这种描法,岂不很容易又很好看吗?""容易固然容易;但是这么'依样画葫芦',终究缺乏画意,不过好玩罢了。画竹不是照真竹一样描,须经过选择和布置。画家选择竹的最好看的姿态,巧妙地布置在纸上,然后成为竹的名画。这选择和布置很困难,并不比画马容易。画马的困难在于马本身上,画竹的困难在于竹叶的结合上。粗看竹画,好像只是墨笔的乱撇,其实竹叶的方向,疏密,浓淡,肥瘦,以及集合的形体,都要讲究。所以在中国画法上,竹是一专门部分。平生专门研究画竹的画家也有。"

"竹为什么不用绿颜料来画,而常用墨笔来画呢?用绿颜料撇竹叶,不更像吗?""中国画不注重'像不像',不同西洋画那么画得同真物一样。凡画一物,只要能表出像我们闭目回想时所见的一种神气,就是佳作了。所以西洋画像照相,中国画像符号。符号只要用墨笔就够了。原来墨是很好的一种颜料。它是红黄蓝三原色等量混合而成的。故墨画中看似只有一色,其实包罗三原色,即包罗世界上所有的颜色。故墨画在中国画中是很高贵的一种画法。故用墨来画竹,是最正当的。倘然用了绿颜料,就因为太像实物,反而失却神气。所以中国画家不欢喜用绿颜料画竹;反之,却欢喜用与绿相反对的红色来画竹。这叫作'朱竹',是用笔蘸了朱砂来撇的。你想,世界上哪有红色的竹?但这时候画家所描的,实在已经不是竹,只是竹的一种美的姿势,一种活的神气,所以不妨用红色来描。"爸爸说到这里,丢了手中的木炭,立起身来结束地说:"中国画大都如此。我们对中国画应该都取这样的看法。"

月亮渐渐升高来,竹影渐渐与地上描着的木炭线相分离,现出参差不齐的样子来,好像脱了版的印刷。夜渐深了,华明就告辞。"明天日里头来看这地上描着的影子,一定更好看。但希望天不要落雨,洗去了我们的'墨竹',大家明天会!"他说着就出去了。我们送他出门。我回到堂前,看见中堂挂着的立轴——吴昌硕描的墨竹——似觉更有意味。那些竹叶的方向,疏密,浓淡,肥瘦以及集合的形体,似乎都有意义,表出着一种美的姿态,一种活的神气。

爸爸的扇子

从烧野火饭这一天——立夏日——起,爸爸手里拿了一把折扇。虽然一个月来天气很冷,有几天他还穿棉袍子;但是这把扇子难得离开他的手。我们每天放学回家,看见他总是读着扇子上的字画,在院中徘徊。因为这正是他每天著述工作完毕而开始休息的时候,而他的休息时间娱乐法,最近已由种花种菜改变为读扇与院中散步了。

这曾经使得徐妈奇怪。她有一次对我说:"你爸爸每天看那把扇子,看了这多天还看不厌,真耐烦呢!"我笑起来。原来她没有知道,爸爸有一藤篮的折扇,据姆妈说,大约共有一百把。这是他历年请人书画,积受起来的。每年立夏过后,他就用扇,一两天调换一把。徐妈不知道这一点,以为他看的老是这一把,所以奇怪起来。我把这情形告诉了她,她更加奇怪了。"咦!一个人有一百多把扇子,好开爿扇子店了!扇子店里也拿不出这许多呢!"

姆妈对于他这点特癖，也常表示不赞成。娘舅家的叶心哥哥入中学时，姆妈向藤篮里拣扇子，对爸爸说："你一个人也用不得这许多扇子。叶心很爱好字画，拣一把没有款识的送他作为入中学的纪念品吧。"但是爸爸不肯，反抗地说："我的扇子都有印子，都有年代，而且每一把可以引起对于一书一画的两个朋友的怀念，怎么好拿去送人？你要送叶心，我自己画一把送他吧。倒比送现成的来得诚意。"以后他就把盛扇子的藤篮藏好。因此我们难得看见爸爸的扇子。最近他虽然天天拿着扇子，我们也只看见他拿着扇子而已，没有机会去细看他扇子上写着的字和描着的花。

今天放学回家后，弟弟从便所出来，笑嘻嘻地告诉我说："爸爸的一件宝贝落在我手里了。你看！"他拿出一把扇子来。我接过来一看，正是这几天爸爸手里常常拿着的一把。料想这一定是爸爸遗忘在便所里的。弟弟说："我们暂时不要还他。等他找的时候，要他讲个故事来交换！"我很赞成。同时我想："爸爸天天捧着扇子在院子里踱来踱去地看，究竟扇子上有些什么花样？现在让我仔细看它一看。"但见一面写着字，全是草书，一个也识不得，一面描着画，有山，有树木，山间有一间房子，房子的窗洞里面有一个人，驼着背脊，伸着头颈，好像一只猢狲，看了令人觉得可笑。别的东西也都奇怪：那山好像草柴堆，一条一条的皱纹非常显著。那树木好像玩具,上面的树叶子寥寥数张,可以数得清楚。那房子小得很,只有一个窗洞,窗洞中只容一个人。而且孤零零的,旁边没有邻居,前后左右只是山和树。我不禁代替那猢狲似的人着急:设想到了晚上,暴风雨把这房子吹倒了,豺狼虎豹来吃这人了,喊"地方救命①"也没人答应。细看这环境里,全是荒山丛林,没有种米的田,种菜的地,不知这人吃些什么过活?这总是爸爸的朋友中的某一位画家所描的,不知这位画家为什么选择这样的光景来描在爸爸的扇子上?难道他自己欢喜住在这样的地方的?不然,难道是爸爸欢喜住在这种地方,特地请他这样描的?我心中诧异得很,就把这感想告诉弟弟。弟弟说:"上面有字呢。你看他怎么说的?"我把扇子左角上题着的两句诗念出来:"闲坐小窗读《周易》,不知春去几多时。"《周易》我知道的,是中国很古的又很难读的一部古书,就对弟弟说:"啊,原来这人住在这荒山中读古书,读得连日子都忘记,春去了几多时也不晓得呢!"弟弟说:"前天我们班里的陈金明在日记簿子上写错了日子,先生骂他'糊涂'。这人连春去了几多时也不晓得,真是糊涂透顶了!"他想了一想,又自言自语地说:"扇子上为什么描这样的画,又题这样的

---

① 意即喊附近一带地方上的人来救命。

诗？这有什么好处呢？"

外面有爸爸懊恼的声音："到哪里去了？我明明记得放在便所里的脸盆架上的，怎么寻破了天也不见……"弟弟向我缩缩头颈，伸伸舌头，拿了扇子就走，我也跟他出去。弟弟把扇子藏在背后，对爸爸说："爸爸找扇子吗？我能给你寻着，倘你肯讲个故事给我们听。"爸爸知道他的花样，一面拉着他搜索，一面笑着说："你还了我扇子，晚上讲故事给你听。"弟弟背后的扇子就被他搜去。他把扇子展开来反复细看，看见没有损坏，才表示放心。我乘机把关于画的怀疑质问他："为什么他给你画上一个住在可怕的荒山里，而糊涂得连日子都忘记的人在扇子上？"爸爸笑一笑说："这原是过去时代的大人所欢喜的画，你们当然不会欢喜，也不应该欢喜。"我更奇怪了，接着又问："过去的大人为什么欢喜这个呢？"爸爸坐在藤椅上了，兴味津津地告诉我这样的话：

"中国古时，人口没有现今这么多，交通没有现今这么便，事务没有现今这么忙，因此人的生活很安闲，种田吃饭，织布穿衣之外，可以从容地游山玩水。有的人终年住在山水间，平安地过着清静的生活。但这是远古时代的情形了。到后来，世间渐渐混乱，事务渐渐繁忙，人的生活已不容那么安闲。但是中国人有一种特别的脾气，就是'好古'。对于无论什么东西，总以为现在的坏，古代的好。于是生在繁忙时代的人极口赞美古代的清静生活,一心想回转去做古人才好。这梦想就在他们的画里表现出来。在京里做官的画家,偏偏喜画寒江上钓鱼一类的隐居生活;住在闹市里的画家,偏偏喜画荒山中读古书一类的清闲生活,山水画得越荒越好,人物画得越闲越好。"他指点他的扇子继续说:"于是产生了这样的没有邻侣,没有粮食,不怕风雨,不怕虎狼,而忘记了日子的荒山读《易》图。这原是不近人情的,但在他们看来,越不近人情越好。"说到这里他讥讽地笑起来。接着又认真地说:"可是现在这种画不能使多数人欢喜了。因为现在这时代交通这么便,生存竞争这么烈,人生的灾难这么多,人们渐渐知道做过去的梦,无济于事;对于描写过去的闲静生活的画,也就减却了兴味。你们是现代人,在学校里受着现代人的教育,所以你们不会欢喜这种画,也不应该欢喜这种画。不但你们,就是我,对于这种画也不能发生切身的兴味。只是这把扇是三十年前的旧物,我把它当作纪念品看待,当作古董赏玩罢了。"爸爸折叠了扇子,立起身来,用了另一种兴味津津的语调继续说:"扇面是中国特有的一种绘画呢!要在弧形的框子里构一幅美观的图,倒是一件很不容易而很有趣味的事呢!其实画扇面不必依照古法,老是画些山水花卉,西洋画风的现代生活的题材,也可巧妙地装进弧形的构图中去。你们不妨试描描看,很有趣味的。"夜饭的碗筷已经摆在桌上。爸爸说过后捧了他的宝贝回进书室去，预先把它藏好了再来吃夜饭。我对于他最后的几句话觉得很有兴味。预备去买一张扇面来试描一下看。

尝 试

姆妈要到城中姨母家去吃喜酒了。我们要读书,不能同去。姆妈临行时对我和弟弟说:"回来时买些东西给你们吧,姐姐一件夏衣料,弟弟一副乒乓球拍。"我说:"我衣料不要,买一张白扇面给我吧。"姆妈答允我,去了。

爸爸说过:"扇面上不一定要画古法的山水花卉,也不妨用西洋画法描现代生活。"我想尝试地画画扇面看。爸爸又说:"扇面的弧形框子内,构图很不容易。"我的扇面没有买到,不妨预先想想构图看。华先生上图画课时屡次教我们构图的方法。有一次他用自己的身体作实例,演给我们看,很容易懂,又很发笑,使我从此不会忘记。他走到教室的大门的门槛上,先把身体立正,站在门的正中,问我们:"这样好看不好看?"我们中有大多数人回答"好看"。他次把身体移偏一步,大约站在门槛的三等分点上,又问我们:

"好看不好看?"我们中又有大多数人说"好看"。最后他把身体缩紧了,贴在门边上,好像讨饭叫花子的模样,又问我们:"好看不好看?"我们大家笑着,一致回答道:"很不好看!"于是他走上讲台来对我们说:"画图也是这样,譬如今天要画的这个臭药水瓶,放在正中也好看,放在三分之一处也好看,但贴在边上很不好看。"听见他拿自己比臭药水瓶,我们中有许多人忍不住笑了。从此以后就给他起个绰号,叫作"臭药水瓶"。但当时他全不觉察,得意地继续说:"但是你们要知道:前两种虽然都好看,很有分别:第一种好看是'齐整的',第二种好看是'自然的'。图案画、装饰画、肖像画大都取前者,写生画大都取后者。"又有一次,他教我们画三株青菜。先在我们中选出三个人来,教他们均匀地并立在讲台上,手中各拿一册书,问我们:"这么样好看不好看?"我们中有大多数人说"好看"。其次,他教两个人共拿一本书,站在讲台的三等分处共看,其余一个人在旁边侧着头借看,问我们:"这么样好看不好看?"我们全体一致回答"很好看"。最后,他教这三个人各持一本书,分别站在讲台的三只角上,问我们:"这么样好看不好看?"我们全体一致回答:"很不好看。"于是他放这三个人回去,对我们说:"图画也是如此:譬如这三株青菜,倘描图案画,不妨把同样的三株并列起来,加以装饰风,其形式均齐，对称，而反复，很是好看。倘描写生画，一齐并列就嫌太呆板，分别放在三只角上又嫌太散漫，必须巧妙地布置，使这三株菜集中于一个中心点，而其间又有主有宾。那么既有变化而不呆板，又有系统而不散漫，看去方觉自然。布置之法，就同刚才的三个人一样，把两株菜拉拢在一起，放在三等分的地方，这就是主，就是画的中心点；把另一株菜放得稍稍离开一点，这就是宾，附属于主，倾向于中心点。那么全画既有变化，又有统一，看去很自然了。"

我回想这些教课，想助成我的扇面的构图。谁知用铅笔一打草稿，立刻发现了很大的困难：无论画臭药水瓶或青菜，总有一根地平线。我的扇面上倘画地平线，势必从左角通到右角，把扇面横断为畸形的两块，多么难看！我拿这一点去问爸爸。他说："困难就在这地方呀！你们在学校里画的图画，大都显出地平线，不宜于画扇面。扇面上所适用的画材，第一要选择不显出地平线的；第二要选择天生成中央高而左右低的东西。中国老式的扇面画题材，最常用的是山水，其次是花鸟，其次是人物。因为山水树木可以遮隐地平线，又可随意高低，最易布置。花鸟可以截取一部分枝叶，不用背景，悬空挂着，也容易安排。人物则必有房屋等为背景，房屋大都显出地平线，又不便随意高低，在扇面中布置最难。现在你要画扇，不宜取静物，宜取风景。你们虽不画山水、风景写生总练习过。想想看：哪一种景象的形式最适合于扇面形的画框？但同时又要顾到内容：扇是夏天用的，扇上宜画使人看了爽快的景象。"

我回到自己房间里，拿出速写簿来翻。翻到远足那一天在途中为柳荫下的大石上的三个同学写生的一幅，觉得很适宜于装进扇面中。那株柳树枝叶播得很广，从树顶向两旁渐渐降低，恰像扇面的上边。柳树底下，一块大石耸起在中央，两旁的地和杂草可以稍加改变，使向左右延长且降低，以适合扇面的下部。我选定了画材，拿一张白纸来，用铅笔画一扇形的框，先在纸上试画一遍看。我弃了柳树的顶，使柳条从扇的上边挂下，越发自由了。我把大石放在扇面的横长的三等分地方，以符合构图的规则。我把纸钉在墙上，走远几步眺望，自己觉得很满意。恨不得请姆妈立刻回来，把扇面带给我，让我把这图正式描到扇上去。

忽然想到了刚才爸爸所说的最后几句话，觉得要正式画扇，还有难问题在这里。我所取的景象的内容是不是合于画扇的？我在这景象上题些什么字？三个人坐在柳荫下的大石上，这景象看看倒很爽快，至少不是不配画在扇上的。但题些什么字呢？"远足途中"吗？这景象与远足并无多大关系，不过我自己知道是远足中所写的而已，别人看了全然没意义。"柳荫"吗？太简单。"晚凉"吗？这两字在夏天的人看了倒很爽快,但我嫌字太少。因此忽然想到:我何不改作夜景,看了更加爽快,而且画起来更加容易?我就在柳叶的梢头上,加描一个圆而大的月亮。这一笔加上之后,树木、石头、地、杂草、人物,忽然在我心目中变成了暗蓝色。景色非常清凉;而且画时只要用影绘一般的平涂,不必细写树干上,人身上的笔画了。最凑巧的,坐在右旁的那个人正在举手指点,所指着的恰好是月亮,他们仿佛在那里谈月亮的话。这使我想起曾经读过的一首词的第一句:"明月几时有?"我欢喜这一句,为它是一个世间最可怪而大家不以为怪的大疑问。我曾同叶心哥哥讨论过,他也觉得很有兴味。现在我这扇面决定就题这五个字。倘然画得不很坏,就把它送给叶心哥哥。他常常关念我的美术练习,屡次把美术品送给我。把这初夏的赠品回敬他,也可当作我对他的成绩报告。等姆妈带到扇面,我决定这样实行吧。

蛙鼓

舅妈要生小弟弟了,姆妈到外婆家去做客,晚上也不回来。家里只剩下我和爸爸两人。爸爸就叫我宿在他的房间里,睡在窗口的小床里。

今天天气很热,寒暑表的水银柱一直停留在八十七度上,不肯下降。爸爸点着蚊香,躺在床里看书。我关在小床里,又闷又热,辗转不能成寐。我叫爸爸:

"爸爸,我睡不着,要起来了。"

"现在已经十点钟了。再不睡,明天你怎能起早上学呢?"

"明天是星期日呀,爸爸!"

"啊,我忘记了!那你起来乘乘凉再睡吧。我也热得睡不着,我们大家起来吧。"

我的爸爸最爱生活的趣味。他曾经说,我和姐姐未上学时,他的家庭生活趣味丰富得多。我和姐姐上学之后,虽然仍住在家，但日里到校，夜里自修，早眠早起，参与家庭生活的时机很少。这使得爸爸扫兴。去年姐姐到城里的中学去住宿了，家里只剩我一个孩子。而我又做学校的学生的时候多，做爸爸的儿子的时候少。爸爸的家庭生活愈加寂寥了。然而他的兴趣还是很高，每逢假期，常发起种种的家庭娱乐，不使它虚度过去。这些时候他口中常念着一句英语："Work while work, play while play!"用以安慰或勉励他自己和我们。我最初不懂这句外国话的意思。后来姐姐入中学，学了英语，写信来告诉我，我才知道。姐姐说，每句第一个字要读得特别重，那么意思就是"工作时尽力地工作，游戏时尽情地游戏"。这时爸爸从床上起来，口里又念着这句话了：

"Work while work, play while play！现在是星期六晚上，天这样闷热，我们到野外去作夜游吧！"

"楼下长台脚边，还有两瓶汽水在那里呢！"这是我最关心的东西，就最先说了出来，"我们带到野外去喝吧！"

"这里还有饼干呢，今天外婆派人送来的，一同拿到野外去作夜'picnic'（'郊游，野餐'）吧！拣出你的童子军干粮袋来，把汽水、枇杷统统放进去，你背在身上。汽水开刀不可忘记！"爸爸的兴趣不比我低。于是大家穿衣，爸爸拿了拐杖，我背了行囊，一同走下楼去。我向长台脚下摸出两瓶汽水,把它们塞进干粮袋里,就预备出门。

"轻轻地走,王老伯伯听见了要骂,不给我们出去的!"我走到庭心里,忘记了所伴着的是爸爸,不期地低声说出这样的话来。爸爸拉住我的手,吃吃地笑着,不说什么,只管向大门走。走到门房间相近,他忽然拉我立定,也低声说:"听!他们在奏音乐!"我立停了,倾耳而听,但闻门房间里响着最近唱过的《五月歌》。我跟着音乐,信口低唱起那首歌来:

> 愿得江水千寻,洗净五月恨;
> 愿得绿荫万顷,装点和平景。
> 雪我祖国耻,解我民生愠。
> 愿得猛士如云,协力守四境。

爸爸听了我唱的歌,很惊诧,低声地问:"是谁奏乐?"我附着他的耳朵说:"是王老伯伯拉胡琴,阿四吹笛。"爸爸更惊诧地说:"我道他们只会奏《梅花三弄》和《孟姜女》的!原来他们也会奏这种歌!不知这歌哪里来的,谁教他们奏的?"我说:"这是《开明唱歌教本》中的一曲,姐姐抄了从中学里寄给我。我借给华明看,华明借给他爸爸——华先生——看,华先生就教我们唱。前天我同华明在门房口唱这歌。王老伯伯问我唱的什么歌,我说唱的是爱国歌。外国人屡次欺侮我们,我们必须牢记在心。唱这歌,可以不忘国耻的。王老伯伯说他虽然是一个孤身穷老头子,听了街上的演讲,也气愤得很。他说我们好比同乘在一只大船里。外面有人要击沉我们的船,岂不是每人听了都气愤吗?所以他也要来学这歌。他的音乐天才很高,听我唱了几遍,居然自己会在胡琴上拉奏,而把这旋律教给阿四,教他在笛上吹奏。如今他们两人会合奏了。"

爸爸听了我的话,默不作声,踏着脚尖走到门房间的窗边,在那里窥探。我跟着窥探。但见王老伯伯穿着一件夏布背心,坐在竹椅上拉胡琴。阿四也穿一件背心,把一脚搁在一堆杂物上,扯长了嘴唇拼命吹笛。大家眼睛看着鼻头,一本正经的,样子很可笑,但又很可感佩。因为门房间里蚊子特别多,听见了奏乐声,一齐飞集拢来,叮在两人的赤裸裸的手臂上,小腿上,和王老伯伯的光秃秃的头皮上。两人的手都忙着奏乐,无暇赶蚊,任它们乱叮。其意思仿佛是为了爱国,不惜牺牲身上的血了。

忽然曲终,两人相视一笑,各自放下乐器,向身上搔痒。这时候四周格外沉静,但闻蚊虫声嗡嗡如钟,隆隆如雷,充满室中。我不期地高声喊出:"王老伯伯和阿四合奏,蚊子也合奏!"

王老伯伯和阿四听见人声,走出门房间来。看见爸爸和我深夜走出来,吃了一惊。爸爸忍着笑对他们说:"天气太热,我们要到野外散散步,你们等着门,我们一会儿就转来的。"王老伯伯一边搔痒,一边举头看看天色,说:"不下雨才好。早些回来吧。"就把我们父子二人关出在门外了。

门外一个毛月亮照着一片大自然,处处黑魆魆的令人害怕。麦田里吹来一股香气,怪好闻的。我忽然想起了昨夜的话,说道:"爸爸,你昨夜教我一句苏东坡的好诗句,叫作'麦陇风来饼饵香'。现在我也闻到了,就是这种风的香气吧?"爸爸笑道:"对啊,对啊!你闻到了饼饵香,我就请你吃饼干吧。我们到那田角的石条上去吃。"

四周都是青蛙的叫声。近处的咯咯咯咯,远处的咕咕咕咕。合起来如风雨声,如潮水声。闭目静听,又好像千军万马奔腾而来的声音。我说:"门房间里有蚊子合奏,这里有青蛙合奏呢!"爸爸说:"蛙的鸣声真像合奏,所以古人称它为'蛙鼓'。不但其音色如鼓,仔细听起来,其一断一续,一强一弱,好像都有节奏。这是不愧称为合奏的。你听!……这好像一个大orchestra的合奏。你晓得什么叫作orchestra?翻译做中国话,就是管弦乐队。你生长在乡下,还没有机会见过这种大合奏队。但无线电常常放送着。将来我们也去买一架收音机,你就可听见,虽然不能看见。合奏的种类甚多。两人也是合奏,三四人也是合奏。大起来,数十人、数百人的合奏也有——就是所谓orchestra。但你要知道,刚才王老伯伯和阿四的花头,其实不能称为'合奏',只能称为'齐奏'。因为合奏不但是许多乐器的共演,同时又是许多旋律的共进。许多旋律各不相同,而互相调和,在各种乐器上同时表出,即成为合奏。王老伯伯和阿四所用的乐器虽然各异,但所奏的旋律完全相同,所以只能称之为齐奏,还没有被称为合奏的资格。"这时我的汽水已经喝了半瓶。

"orchestra的人数和乐器数多少不定。普通小的,数十人奏十数种乐器。大的,数百人奏数十种乐器。远听起来,其声音正像这千万只青蛙的一齐鸣鼓一样。乐器可分为四大群。第一群是弦乐器,都是弦线发音的,像你近来学习的提琴,便是弦乐器中最主要的一种。提琴同时用数个,或十数个,或数十个,所奏的是曲中最主要的旋律。第二群是木管乐器,就是箫笛之类的东西,音色特别清朗。第三群是金管乐器(铜管乐器),就是喇叭之类的东西,声音最响。第四群是打乐器(打击乐器),就是钟鼓之类的东西,声音最强。——所以orchestra的演奏台上,这四群乐器的位置都有一定:弦乐器最主要,故位在最前方。木管乐器次之。金管乐器声音最响,宜于放在后面。打乐器声音最强,而且大都是只为加强拍子的,故放在最后。用这四大群乐器合奏的乐曲,叫作'交响乐',是最长大的乐曲。"我吞了最后的一口汽水。

"最大的orchestra,有一千多人,叫作'千人管弦乐队'。现在我们不妨把这无数的青蛙想象做一个'千人管弦乐队',而坐在这里听他们的交响乐!"爸爸也喝完了汽水。

夜露渐重,摸摸身上有些湿了。我们不约而同地立起身来。我收拾汽水瓶,跟着爸爸缓步回家。就寝时已经十二点钟。这晚上我做了两个梦。第一个梦是爸爸买了一架收音机来装在吃饭间里,开出来怪好听的。第二个是梦见许多青蛙,拿着许多乐器——就中鼓特别多——在一个舞台合奏交响乐。忽然一只青蛙大吹起喇叭来,把我惊醒。原来是工厂里放汽管!时光还只五点半。想起了今天是星期日,我重又睡着了。

翡翠笛

"南北山头多墓田,清明祭扫各纷然。纸灰化作白蝴蝶,血泪染成红杜鹃。日落狐狸眠冢上,夜归儿女笑灯前。人生有酒须当醉,一点何曾到九泉!"从前姐姐读这首诗,我听得熟了。当时不知道什么意思,跟着姐姐信口唱,只觉得音节很好。今天在扫墓船里,又听见姐姐唱这首诗,我问明白了字句的意味,不觉好笑起来,对姐姐说:"这原来是咏清明扫墓的诗,今天唱,很合时宜;但我又觉得不合事理:我们每年清明上坟,不是向来当作一件乐事的吗?我家的扫墓竹枝词中,有一首是'双双画桨荡轻波,一路春风笑语和。望见坟前堤岸上,松阴更比去年多'。多么快乐!怎么古人上坟会哭出'血泪'来,直到上好坟回家,还要埋怨儿女在灯前笑呢?末后两句最可笑了:'人生有酒须当醉',人生难道是为吃酒的?酒醉糊涂,还算什么'人生'?我真不解这首诗的好处。"

爸爸在座,姐姐每逢理论总是不先说的。她看看我,又看看爸爸,仿佛在说:"你问爸爸!"爸爸懂得她的意思,自动地插嘴了:"中国古代诗人提倡吃酒,确是一种颓废的人生观。像你,现代的少年人,自然不能和他们同情的。但读诗不可过于拘泥事实,这首诗的末两句,也可看作咏叹人生无常,劝人及时努力的。却不可拘泥于酒。欢喜吃酒的说酒,欢喜做事的不妨把醉酒改作做事,例如说:'人生有事须当做,一件何曾到九泉!'不很对吗?"姐姐和我听了这两句诗,一齐笑起来。

爸爸继续说:"至于扫墓,原本是一件悲哀的事。凭吊死者,回忆永别的骨肉,哪里说得上快乐呢?设想坟上有个新冢,扫墓的不是要哭吗?但我们的都是老坟,年年祭扫,如同去拜见祖宗一样,悲哀就化为孝敬,而转成欢乐了。尤其是你们,坟上的祖宗都是不曾见过面的,扫墓就同游春一般。这是人生无上的幸福啊!"我听了这话有些凛然。目前的光景被这凛然所衬托,愈加显得幸福了。

扫墓的船在一片油菜花旁的一枝桃花树下停泊了。爸爸、姆妈、姐姐和我,三大伯、三大妈和他家的四弟、六妹,和工人阿四,大家纷纷上岸。大人们忙着搬桌椅,抬条箱,在坟前设祭。我们忙着看花,攀树,走田塍,折杨柳。

他们点上了蜡烛,大声地喊:"来拜揖!来拜揖!"我们才从各方集合拢来,到坟前行礼。墓地邻近有一块空地,上面覆着垂杨,三面围着豆花,底下铺着绿草,如像一只空着的大沙发,正在等我们去坐。我们不约而同地跑进去,席地而坐了。从附近走来参观扫墓的许多村人,站在草地旁看我们。他们的视线集中在姐姐身上。原来姐姐这次春假回家,穿着一身黄色的童子军装,不男不女的,惹人注意。我从衣袋里摸出口琴来吹,更吸引了远处的许多村姑。我又想起了我家的扫墓竹枝词:"壶榼纷陈拜跪忙,闲来坐憩树荫凉。村姑三五来窥看,中有谁家新嫁娘。"所咏的就是目前的光景。

忽然听得背后发出一种声音,好像羊叫,衬着口琴的声音非常触耳。回头看见四弟坐在蚕豆花旁边,正在吹一管绿色的短笛。我收了口琴跑过去看,原来他的笛是用蚕豆梗做的:长约半尺多,上面有三五个孔,可用手指按出无腔的音调来。我忙叫姐姐来看。四弟常跟三大妈住在乡下的外婆家,懂得这些自然的玩意儿。我和姐姐看了都很惊奇而且艳羡,觉得这比我们的口琴更有趣味。我们请教他这笛的制法。才知道这是用豌豆茎和蚕豆茎合制而成的。先拔起一枝蚕豆茎来,去根去梢去叶,只剩方柱形的一段。用指爪在这段上摘出三五个孔,即为笛声。再摘取豌豆茎的梢,约长一寸，把它插入方柱上端的孔中，笛就完成。吹的时候，用齿把豌豆茎咬一下，吹起来笛就发音。用指按笛身上各孔，就会吹出高低不同的种种音来。依照这方法，我和姐姐各自新制一管。吹起来果然都会响。可是各孔所发的音，像是音阶，却又似do非do，似re非re，不能吹奏歌曲。我的好奇心活跃了："姐姐，这些洞的距离，必有一定的尺寸。我们随意乱摘，所以不成音阶。倘使我们知道了这尺寸，我们可以做一管发音正确的'豆梗笛'，用以吹奏种种乐曲，不是很有趣吗？"姐姐的好奇心同我一样活跃，说道："不叫作豆梗笛，叫作'翡翠笛'。爸爸一定知道这些孔的尺寸。我们去问他。"

爸爸见了我们的翡翠笛，吃惊地叫道："呀！蚕豆还没有结子，怎么你们拔了这许多豆梗！农人们辛苦地种着的！"工人阿四从旁插嘴道："不要紧，这蚕豆是我家的，让哥儿们拔些吧。"爸爸说："虽然你们不要他们赔偿，他们应该爱护作物，不论是谁家的！"姐姐擎着她的翡翠笛对爸爸说："我们不再采了。只因这里的音分别高低，但都不正确。不知怎样才能成一音阶，可以吹奏乐曲？"爸爸拿过翡翠笛来吹吹，就坐在草地上，兴味津津地研究起来。他已经被一种兴味所诱，浑忘了刚才所说的话，他的好奇心同我们一样地活跃了。大人们原来也是有孩子们的兴味，不过平时为别种东西所压迫，不容易显露罢了。我的爸爸常常自称"不失童心"，今天的事很可证明他这句话了。

阿四采了一大把蚕豆梗来，说道："这些都是不开花的，拔来给哥儿们做笛吧。反正不拔也不会结豆的。"姐姐接着说："那很好了。不拔反要耗费肥料呢。"爸爸很安心，选一枝豆梗来，插上一个豌豆梗的叫子，然后在豆梗上摘一个洞，审察音的高低，一个一个地添摘出来，终于成了一个具有音阶七音的翡翠笛。居然能够吹个简单的乐曲。我们各选同样粗细的豆梗，依照了他的尺寸，各制一管翡翠笛，果然也都合于音阶，也能吹奏乐曲。我的好奇心愈加活跃了，捉住爸爸，问他："这距离有何定规？"

爸爸说："我也是偶然摘得正确的。不过这偶然并非完全凑巧，也根据着几分乐理。大凡吹动管中空气而发音的乐器，管愈长发音愈低，管愈短发音愈高。笛上开了一个洞，无异把管截断到洞的地方为止。故其洞愈近吹口，发音愈高，其洞愈近下端，发音愈低。箫和笛的制造原理就根据在此。刚才我先把没有洞的豆梗吹一吹，假定它是do字。然后任意摘一个洞，吹一下看，恰巧是re字。于是保住相当的距离，顺次向吹口方向摘六个洞，就大体合于音阶上的七音了。吹的时候，六个洞全部按住为do，下端开放一个为re，开放二个为mi……尽行开放为si。这是管乐器制造的原理。我这管可说是原始的管乐器了。弦乐器的制造原理也是如此,不过空管换了弦线。弦线愈长,发音愈低;弦线愈短,发音愈高。口琴风琴上的簧也是如此:簧愈长,发音愈低;簧愈短,发音愈高。但同时管的大小,弦的粗细,簧的厚薄,也与音的高低有关。愈大,愈粗,愈厚,发音愈低;反之发音愈高。关于这事的精确的乐理,《开明音乐讲义》中'音阶的构成'一章里详说着。我现在所说的不过是其大概罢了。"

"大概"也够用了;我们利用余多的豆梗,照这"大概"制了种种的翡翠笛。其中有两枝,比较的最正确,简直同竹笛一样。扫墓既毕,我们把这两枝翡翠笛放在条箱里,带回家去。晚上拿出来看,笛身已经枯萎了。爸爸见了这枯萎的翡翠笛,感慨地说:"这也是人生无常的象征啊!"

三 家人和乐

种兰不种艾

吃过夜饭,母亲到灶间里去了,父亲和五个孩子坐在客间里休息。五个孩子的名字,是一号,二号,三号,四号和五号。一号是十二岁的男孩。二号是十一岁的女孩。三号是十岁的男孩。四号是八岁的女孩。五号是六岁的男孩。

父亲点着一支香烟。四号先开口:"讲故事了!"五号喊一声:"大家听故事!"一号,二号,三号大家坐好,眼睛看着父亲。

父亲说:"今天不要我一个人讲,要大家讲。"一、二、三号同时嚷起来:"我们不会讲的!爸爸讲。"四、五号模仿着喊:"我们不会讲的!爸爸讲。"

爸爸说:"我先讲。今天讲一首诗。"就抽开抽斗,拿出铅笔纸张来,把诗写给他们看:

种兰不种艾，兰生艾亦生；
根荄相交长，茎叶相附荣。
香茎与臭叶，日夜俱长大；
锄艾恐伤兰，溉兰恐滋艾。
兰亦未能溉，艾亦未能除。
沉吟意不决，问君合何如？

一号，二号看了略略懂得；三号以下，字还没有完全识得，爸爸就替他们解说："这是唐朝的诗人白居易做的诗。意思是说：他种兰草，并不种艾草。因为兰草是香的，而艾草是臭的。但是兰草的旁边，自己生出许多艾草来。兰草的根和艾草的根搞在一起，兰草的茎叶和艾草的茎叶也混杂了生长。香的茎和臭的叶，日日夜夜一同长大起来。他想用锄头把艾草锄去，但恐怕伤了兰草。他想用水浇兰草，又恐怕艾草得到水更长大了。于是乎，兰草也不能浇，艾草也不能除。他想来想去，决不定办法，问你应该怎么办。"

二号，四号两个孩子说："把艾草一根一根地拔去。"爸爸说："他们的根搞在一起，拔艾草的根，兰草的根会带起来！"一号，三号两个男孩子说："统统拔起，另外种过兰草！"爸爸说："连兰草也拔，很可惜，这办法不好。"五号说："叫艾草也变成香的。"爸爸和一、二、三、四号大家笑起来。爸爸说:"它不肯变的!"

二号这女孩子最聪明,她眼睛看着天花板,笑嘻嘻地若有所思。爸爸问:"二号想什么?"二号说:"这首诗真好!他是比方世间的事。世间有许多事,同这一样难办。"爸爸点头说:"对啊!"一、三、四号大家点头,说:"对啊!"

五号这六岁的男孩子想了一想,也点点头说:"对啊,对啊!"

爸爸说:"你们大家说对,现在要每人说一件事体来,同这事一样难办的。五号先说!"五号不假思索地说:"妈妈裹的肉粽子,肉很好吃,糯米不好吃。我想只吃肉,不吃糯米,妈妈说:'不行,要吃统统吃,不要吃统统不吃。'"说到这里,五号一脸悲愤。

一、二、三、四号大家笑起来。四号这女孩子笑得最多,她旋转头去低声问五号:"糯米也很好吃的呀,你为什么不要吃呢?"大家又笑起来。爸爸说:"五号讲得很好。不管糯米好不好吃,总之,这件事说得很对,正同种兰不种艾一样。这回要四号讲了。"

四号想了一想,怕难为情,不肯讲。大家催促她。她终于讲了:"我昨天对王老师说:我只要上唱歌、游戏和图画课,不要上国语和算术课。王老师说:'不行,要上统统上,不上统统不上,你回家去吧。'我气死了。"

大家又笑起来。二号向四号白一眼说:"你不上国语、算术,将来不能毕业,老是一个小学生。"爸爸说:"二号的话是对的。不过四号这件事,比方得也很对。四号很乖。以后用功学国语、算术,还要乖起来呢。如今要三号讲。"

三号早已预备好,眼睛看着电灯,说道:"我最喜欢电灯的光,但最不喜欢那些飞虫(注:他们的家住在西湖边,天气一热,有小虫群集,在电灯四周飞舞)。它们会撞到我眼睛里,钻进我鼻子里,又要掉在菜碗里。我关了电灯,它们都去了。我开了电灯,它们又来了。我要电灯,不要飞虫,有什么办法呢?"他接着吟起诗来:"要光不要虫,光来虫亦来——"把来字拖得很长,好像爸爸读诗的调子,引得大家大笑起来。

爸爸说:"三号说得好!如今要二号说了。二号是最会讲话的,一定要说得更好!"二号不慌不忙地说了:

"我倒想起了逃难到大后方的一件事:我们为了怕警报,住在重庆乡下的荒村里的时候,房东人家养了一只凶狗,为了防强盗(注:四川人称窃贼为强盗)。有了凶狗,果然强盗不敢来了。但是客人也不敢来了。除了房东家熟悉的常来的几个人以外,其他的生客,它一见就要咬。我们的客人都是生客,一个也不敢来看我们。弄得我们好寂寞!当时我想,最好这狗能分别强盗和客人,咬强盗不咬客人。但它不行。"三号又作诗了:"不要强盗要客人,强盗不来客人也不来。"大家笑起来,二号说:"这两句不成诗,哪有九个字一句的?"三号说:"我这是白话诗!你问爸爸,白话诗随便几个字都可以的,爸爸是吗?"

"你不要胡闹!"爸爸说,"二号讲得果然更好。如今一号最后讲了。"一号说:"我讲的也是抗战期间的事:那时我们的美国飞机到沦陷区汉口等地方炸日本鬼。那些日本鬼很调皮,和中国人住在一起。我们的美国飞机——"二号模仿一句:"我们的美国飞机。"

一号旋转头去看她说:"美国是我们的盟国!难道不好说'我们'的?"二号说:"好,好,你讲下去!"一号继续说:"盟军的飞机想炸死日本鬼,就连中国人也炸死。想不炸死中国人,就连日本鬼也不炸死。"爸爸拍手说:"一号说得最好。到底是一号。"

母亲从灶间走出来了:"我一边收拾灶间,一边听你们讲故事呢。你们讲得都很好。你爸爸说一号说得顶好,我道是五号说得顶好。"她拉五号到怀里,摸他的头,说:"你要吃肉,不要吃糯米,明天我烧一大碗肉给你吃。"

初步

徐妈提着一大篮黄矮菜,两只小脚在天井里的石板上"的的搭搭"地敲进来,嘴里喊着:"小客人来了!"我和弟弟并不问她,赛跑似的赶到门口。但见河埠上停着一只赤膊船,船里坐着雪姑母,雪姑母手里抱着镇东。茂春姑夫蹲在岸上,正在把船缆缚到凉棚柱脚上去。我们齐喊:"镇东!镇东!"镇东两只手用力撑住雪姑母的下巴,拼命想从她身上爬下来,并不理睬我们。雪姑母两手抱住他,仰起头,代替他答应:"喂!逢春姐姐!喂!如金哥哥!"说最后两字时,嘴巴被镇东的手盖住了,发音好像:"如金妈妈!"岸上的人大家笑起来。雪姑母就在笑声中上了岸。

我还记得,镇东是前年"九一八"出世的。当时茂春姑夫来报告我们,笑嘻嘻地说:"倒养个团团。"又说:"娘舅给毛头起个名字吧。"后来爸爸就在一张红纸上写"蒋镇东"

三个大字,上面又横写"长命康强"四个小字,和产汤一同送去。这好像还是昨天的事,谁知镇东已长得这么大了。当雪姑母擒了他走进我家时,他不绝地想爬下来,使得雪姑母几乎擒拿不住。到了堂前,雪姑母把他放在方砖地上,说:"让你去爬吧!娘舅家的地上比乡下人家的桌子还干净呢。"接着又对姆妈说:"'爬还爬不动,想走',就是他!他在家里只管在泥地上爬,拾了鸡粪当荸荠吃的!"说得大家又笑起来。姆妈走过去抱了他,教他坐在膝上。我们大家围拢去同他玩笑。

镇东"叫名三岁",其实只有一岁半。他不像城市里的小孩子一般怕陌生人。好久不到我家,一到就同我们熟识。雪姑母教他叫人,"娘舅!""舅妈!"他都会叫,而且叫时声音响亮,脸上带着笑容,非常可爱。雪姑母说他到别处去没有这样乖。姆妈说到底是外婆家,外婆家原同自家一样。爸爸却说:"一半也是长在乡下的缘故。乡下的环境比城市好得多呢。"他伸手捏捏镇东的小腿,又摸摸他的圆肥而带紫铜色的小脸,咬紧了牙齿说:"你看!一股健康美!定要有这样的好体格,将来才能'镇东'呀!"又握他的小手,笑着对他说:"将来你去'镇东',不要忘记啊!"镇东吃吃地笑。

镇东在姆妈身上坐得不耐烦了,又开始要爬下来。爸爸退后几步,张开两臂蹲在地上,对姆妈说:"不要给他爬,让他学学步看。来!你放他走过来。"姆妈扶他站定在地上,说着:"镇东乖乖,走到娘舅那里去!"镇东高兴得很,看着爸爸笑,同时慢慢地摆稳他的步位来。姆妈一放手,他居然摇摇摆摆地跑到了爸爸的怀里。堂前一阵欢呼。爸爸立刻抱住他,站起身来,用手拍他的背。他把圆圆的小脸偎在爸爸的肩上,吃吃地笑,表示成功的欢喜。

这般可爱的光景,我们似觉曾在什么地方看见过,一时记不起来。正在回想,弟弟对我说了:"姐姐,刚才的样子,活像华明房间里挂着那张画里的光景呢!不过不在野外而在屋里。"我恍然大悟,抢着说:"不错,不错,米叶(米勒)的《初步》,叶心哥哥的画帖里也有一张的。"弟弟说:"我们要他再做一遍,教爸爸拍一张照,好不好?"我说:"好。"于是我们一同要求爸爸,爸爸立刻赞成,叫我就到楼上去拿照相机。继又阻止我,踌躇地说:"在什么地方照呢?先想好了'构图'再说。"弟弟断然地说:"到后墙圈里,篱笆外面,槐树底下,鸡棚边,照出来就同那张画一样。"爸爸笑着点点头,就同我们去看地方。这时候姆妈正摆好了糕茶盆子,请茂春姑夫、雪姑母和镇东吃茶点。弟弟回头对镇东说:"你多吃点糕糕,吃好了糕糕,我们同你拍照!"

爸爸叫我和弟弟二人装出人物的姿势来，从远处望望，又踌躇地说："米叶的构图，我记得是很好的。不知人物怎样布置？可惜找不到那张画来参考。"弟弟说："华明有，我去借。"拔起脚来就走。爸爸喊他不住，让他去了。过了一会，弟弟气喘喘地夹了画框回来，后头跟着华明。华明对爸爸说："柳先生！你们要照美术的《初步》？"我们大家笑起来。弟弟教他："不是'美术'，是米叶！我们这里今天来了一个挨霞，《阳光底下的房子》里的挨霞，你认识吗？我们要照你这张画的样子给他拍个照。"说着，把画框递给爸爸，就拉华明到屋里去看镇东。爸爸看了那画，欢喜地对我说："没有这样巧的！我们的篱笆和树的位置，正同画里一样。要算那个鸡棚，恰巧代替了画里的小车。假如没有这个，左边太轻，构图就不稳了。好！我们完全模仿它。你去拿照相机吧。"

我拿了照相机回来时，茂春姑夫、雪姑母、镇东、华明、弟弟和姆妈，都已来到。爸爸叫弟弟逗着镇东玩耍，单请茂春姑夫和雪姑母先来演习。他在镜箱后面的毛玻璃上仔细审察，校正他们的姿势和位置。确定之后，就叫我抱镇东到雪姑母身边去，叫她扶着。镇东全不知道要被拍照，张着两只小臂，吃吃地笑，跃跃欲试，比前次更加高兴，样子也更加可爱了。雪姑母和茂春姑夫却拘束起来。雪姑母仓皇地叫:"等一等照!我的衣裳没有扯挺,我的头发恐怕蓬着呢!"爸爸说:"还未照呢,现在先试做一遍看。真果要照时我会通知你们的!"于是大家放心,很自然地演习起来。雪姑母摆开步位,弯着腰,提着镇东的两腋,一面笑,一面说:"团团走,团团走,走到爸爸去!"茂春姑夫跪下左膝,伸出一双大手,起劲地大喊:"团团来,镇东来。"正在这时候,照相镜头上"的"地一响,爸爸叫道:"好,好!照好了!"雪姑母呆了一会,后来说:"上了你的当,我全然不得知呢!"爸爸笑着回答她道:"不得知才好呢!得知了照出来一定不自然的。"说着就拿了照相机回进屋里去。我们大家留在墙圈里玩耍。我扶着镇东走路,弄皮球,捉猫,拾鸡蛋。弟弟却和华明两人坐在石凳上谈个不休。我听见华明说:"'得知了照出来一定不自然',倒是真的。他们起初的样子,一点也没神气。后来就活泼起来,活像我那幅画里的人了。"弟弟说:"你那种月份牌的画,大都是不自然的,没有神气的,你为什么欢喜它们?"华明想了一会,点点头说:"呃,倒是真的。"他拿起那画框来,看了一会,自言自语地说:"这个好,这个好。"又说:"你们不要用了?我带回去挂着吧。"说过,就夹了画框告辞。姆妈说快吃饭了,我们大家就回进屋里。

喂食

华明自从那天星期日看见我们模仿米叶(米勒)的《初步》拍了一张照相之后,对于美术的兴味忽然浓厚起来。第二天放夜学后就背了书包跟弟弟跑到我家,悄悄地问我:"昨天的照相洗出了没有?"我告诉他,爸爸昨天因为陪客人,没有工夫洗照相。他搔搔头皮,回家去了。

第三天放学后,他又背了书包来问。我又告诉他:因为定影药——大苏打——用完了,昨晚洗不成。今晨已由我写信到城里县立中学,托叶心哥哥代买。他寄到后我们就洗出来给你看。他又搔搔头皮,回家去了。

星期六课毕回家,我收到叶心哥哥寄来的一个小包。打开一看,里面有一包大苏打和一张画。他的附信上说:"接到你的信,知道你们在模仿米叶作品的构图拍照相,我很羡慕,退课后恨不得坐飞机回来看一看。大苏打一磅,已买来,现在包封了寄上,即请查收。前天我的姐姐又从美术学校寄了许多名画的复制品给我。其中有一张米叶的《喂食》,我看描得比《初步》更加有趣。现在我把这画一同寄给你,想你一定欢喜它。这般大小的镜框我知道你家一定有的。请你给它配上适当的背景纸,装入镜框,挂在房间里。将来你们如果找得到相似的模特儿,也许还好模仿这构图拍一张很有趣的照相呢。"

我把大苏打交给爸爸,就去找镜框来装配那张名画。只有弟弟床前装着他的甲上的写生画成绩的那个银边镜框,大小正好。我便除它下来,预备借用一下。正在装配,弟弟同华明,各人背个书包来了。弟弟见我拆毁他的成绩,把书包向床里一丢,对我叫跳起来。我拿叶心哥哥的信给他看,并且说明暂时借用的意思。他读了信,看了我正在装好的名画,笑起来,忘记了一切似的惊叹道:"这张画好极了!真个比《初步》更有趣!你看这三个孩子。"他捧着镜框给华明看,继续说:"中央的一个张着嘴来吃,像只小鸟。这边的一个已经吃过一口,正在辨滋味;那边的一个看着他吃,正在吞唾涎呢!哈哈哈……"华明以笑代替答应,只管捧着镜框细看。弟弟说:"挂起来大家看!"华明把镜框递给我。我把它挂在窗口亮的地方,大家同看。弟弟向画中指东点西,评长论短,唠叨了一会,最后说:"你们知道他们为什么坐在门槛上喂食？大家猜猜看！"接着立刻自己回答："因为门口风凉些，他们是在吃乘凉夜饭呀！"我笑道："你不要瞎说，他们穿的衣裳这么厚，头上都戴帽子，怎么会吃乘凉夜饭的？我想是晒太阳吧？你看门里墨黑的，门外太阳光多么亮！"华明一向背着书包对画呆看，绝不插嘴。这时候他拍拍手说："对啊，对啊！这女人是米叶夫人，这三个是米叶家的孩子，我知道了。"弟弟知道自己的话说错了，无可辩白，就到华明身上出气，指着他说："你也是瞎说！你几时认得他的？"又借用了阿Q偷萝卜时回答老尼姑的一句话诘问他："你叫得他应吗？"华明最近同弟弟两人读《呐喊》，常把书中可笑的话记在心头，时时用以说笑。这时候他也借用了赵七爷恐吓七斤嫂的一句话来回答弟弟："书上一条一条写着！"说过，伸手向书包里摸索。我正在笑得肚痛，但见华明摸出一册黄面的书来，书面上写着"《西洋名画巡礼》，丰子恺著"几个字。我认识这是华先生到我们教室里来讲美术故事时常带的书，可是没有读过。华明把这书摊在桌子上，翻出一节来读给弟弟和我听：

"但这时候米叶穷得很。他自己在日记上这样写着：'我们只有两天的柴米了。用完了叫我怎么办呢？我的妻子下个月要生产了。我只得空手等待着。'

"到了第二天晚上，米叶家里柴米都用完了，剩些面包屑，给小孩们吃了两日，他自己只得挨饿。到了第四天晚上，灯油也用完了。米叶只有一双空手，暗中坐在一只破箱上，想他的明天怎样过去。忽然听见外面有人敲门，敲得很急。米叶吓了一跳，他想一定是米店里的人同了官兵来讨债了，心里很怕。但是敲门的声音愈加急了，只得去开门。门开了，走进来的果然是两个衙门里的人。但他们说话很和善：'米叶先生在这里吗？''是的，我就是米叶。你们有什么贵干？''我们是官府里来的。官府知道先生的画描得很好，而生活很穷，特地叫我送来一点钱，作为奖赏。'他们就拿出一包洋钱来递给米叶。米叶如同做梦一般，接了这包钱，手中觉得很重，但口中讲不出话来。停了一会，他方才说道：'谢谢你们！你们来得正好。我们已经两天没得吃了。第一是小孩子饿不得，他们这两天只吃一些面包屑。现在可以买给他们吃了。我真要谢谢你们！'等这两个人去后，米叶打开钱包来一看，里面包着一百个法郎，好像是从天上飞下来的。正在饥饿的时候，会有人送钱来，这不是天保佑善良人吗？米叶立刻去买柴，买油，买米，买菜烧饭给孩子们和将要生产的夫人吃。"

华明从书中仰起头来，指着画说："他家是很穷的，这一定是他的家了。因为家里没有火炉，冷得很，所以他的夫人带了三个孩子到门口的太阳光里来喂食。你看，他的夫人的身体这么大，一定是就要生产了！"

背后有一个大人的声音"格格格格"地笑起来，回头一看，原来是爸爸。华明脸孔红了。爸爸说："你们读了《西洋名画巡礼》，鉴赏西洋名画，很好很好。"他朝着画坐下了，对华明说："你的话大概对的！这里所写的恐是米叶自己的家庭。但是我们欣赏名画，'画里的人是谁'，不是最重要的问题。知道了固然好，不知道也无妨。我欢喜这幅画，却为了它的内容和形式都很好。在内容意义上，这么天真烂漫的孩子，这么慈爱的母亲，这么和平的环境，使人看了心中感动，会跟了他们天真起来，慈爱起来，和平起来。在构图形式上，这画以四个人物为主体，四个人中又以母亲为正主体，三小孩为副主体。主体摆的地方很适当，故画面非常稳定。此外，房屋和天地都是背景。你看他的背景配得多么巧妙：母亲身上黑影多，配着光明的墙和地；孩子们身上阳光多，配着门内的黑影。这么一来，主体就统统显明。而且，小的地方也都苦心配成呢：譬如那边一只鸡，没有了原也无妨，但是寂寞了，终不及有的美观。鸡下面一丛黑草，看来无关紧要，但没有了它，母亲背后这块地也太单调。甚至画的左边上，石库门上的一个破窟窿，也是苦心搭配着的。倘没有了它，这一条狭长的墙壁就太死板了。……这些是照相所做不到的。所以照相终不及绘画。"

爸爸讲的时候，华明一直看着画微笑点头。这时候他问了："柳先生，《初步》的照相几时晒出来？"爸爸说今晚可洗，并约他明天来看。他很欢喜，背着书包告辞了。爸爸目送他去后，对我们说："以前你们常说华明不爱美术，现在我看他很热心，并且很懂得了。将来正会进步呢。"

铁马与风筝

春分节到了。爸爸的书房搬到楼上。这是爸爸的习惯:每年春初庭中的柳树梢上有鸟儿开始唱歌了,爸爸的书房便搬到楼上,与寝室合并。直到春尽夏来,天气渐热,柳梢上的鸟儿唱歌疲倦了,他再搬到楼下去。爸爸是爱听鸟儿唱歌的。它们唱得的确好听。尤其是在春天的早晨,我们被它们的歌声从梦中唤醒,感觉非常愉快。因为它们的歌调都是愉快的。有一个春晨,爸爸对我说:"你晓得鸟儿的声音像什么?"我说:"像唱歌。"他说:"不很对。歌有时庄严,有时悲哀,有时雄壮,不一定是愉快的。它们的声音无时不愉快,所以比作唱歌,不完全对。我看这好比'笑'。鸟是会笑的动物,而且一天笑到晚的。倘说像唱歌,它们所唱的都是 game song(游戏歌),或 sweet song(甜歌)之类的歌。"

今天星期日,早晨我被另一种音乐唤醒。这好像是一种婉转的歌声，和着清脆的乐器伴奏。倾耳静听，今天柳梢上黄莺声特别热闹。这大概是今天晨光特别明朗的缘故；但也许是今天这里另有一种叮叮咚咚的伴奏声的缘故。但这叮叮咚咚究竟是什么声音呢？我连忙起身，跟着声音去寻。寻到爸爸的房间的楼窗边，看见窗外的檐下挂着一个帽子口大的铁圈，铁圈周围挂着许多钟形的小铜片，春晨的和风吹来，铜片互相碰击，发出清脆的叮叮咚咚，自然地成了莺声的伴奏。

这是爸爸今年的新设备，名叫"铁马"。昨天晚上才挂起来，今天早上我第一次听见它的声音。早饭时我问爸爸："铁马有什么用？"爸爸说："在实用方面讲，这是报风信的。天起风了，铁马咚咚地响起来，我们就知道天起风。"我说："还有在什么方面讲呢？"爸爸说："还有，在趣味方面讲，这是耳朵的一种慰安。我们要知道天起风，倘不讲趣味而专讲实用，只要买一只晴雨表，看看就知道。或者只要在屋上装一只风车，看见它转动了，就知道天起风。但我们希望在'知道'事实以外又'感到'一种情调，即在实用以外又得一种趣味。于是想出'铁马'这东西来，使它在报告起风的时候发出一种清朗的音，以慰藉人的耳朵。所以这铁马好比鸟声，也是一种'自然的音乐'。我们的生活环境中，有许多自然的音乐，不论好坏，都有一种影响及于我们的感情,比形状色彩所及于我们的影响更深。因为声音不易遮隔,随时随地送入人耳。"

这时候,赶早市的种种叫卖声从墙外传到我们的食桌上:"卖——芥——菜!""大——饼——油——炸——桧!""火——肉——粽——子!"音调各异,音色不同,每一声给人一种特异的感觉,全体合起来造成了一种我家的早晨的情趣。我听到这种声音,会自然地感到这是早晨。我想这些也是自然的音乐,不过音乐的成分不及莺声或铁马声那么多。我把这意思说出,引起了姆妈的话。

姆妈说:"他们叫卖的时候很准确。我常常拿他们的喊声来代替自鸣钟呢,听见'油沸豆腐干'喊过,好烧夜饭了。听见'猪油炒米粉'喊过,好睡觉了。而且喊得也还好听,不使人讨嫌。最使我讨嫌的是杭州的卖盐声:'盐——'像发条一样卷转来,越卷越紧,最后好像卷断了似的。上海的卖夜报也讨嫌,活像喊救火,令人直跳起来。"

爸爸接着说:"你们把劳工的叫声当作音乐听赏,太'那个'了!"

姆妈火冒起来,挺起眼睛说道:"你自己说出来的!什么'自然的音乐,自然的音乐'!还说我们'那个'?"

爸爸立刻赔笑脸,答道:"'那个'我又没有说出!你不必生气。把叫卖声当作自然的音乐,不仅是你。"他改作讲故事的态度,继续说:"日本从前有个名高的文学家——好像是上田敏,我记不正确了——也曾有这样听法。日本东京市内有一种叫卖豆腐的担子,喊的是'托——夫'(即豆腐)两个字。其音调和缓,悠长,而有余音,好像南屏晚钟的音调。每天炊前,东京的小巷里到处有这种声音。善于细嚼生活情味的从前的东洋人,尤其是文学家上田敏,真把此种叫卖声看作黄莺、铁马一类的自然的音乐。有一次,东京的社会上提倡合作,有人提议把原有的豆腐担尽行取消,倡办一个大量生产的豆腐制造所,每天派脚踏车挨户分送豆腐。据提议者预算,豆腐价格可以减低不少。可是反对的人很多,上田敏攻击尤力。他的理由是:这办法除使无数人失业而外,又摧残日本原有的生活情调,伤害大和民族性的优美。他用动人的笔致描写豆腐担的叫卖声所给予东京市内的家庭的美趣。确认此改革为得不偿失。两方争论的结果如何,我不详悉。孰是孰非,也不去说它。总之,我们的环境中所起的声音有很大的影响及于我们的感情和生活,是我所确信的。譬如今天早上,我听了铁马和黄莺的合奏,感到一种和平幸福而生趣蓬勃的青春的气象,心境愉快,一日里做事也起劲得多。早餐也可多吃一碗。"

我对于这些话都有同感。兴之所至,不期地说道:"我今天放起风筝来要加一把鹞琴,让它在空中广播和平的音。"

爸爸表示很赞成。但姆妈说："当心削开了手指！"

早餐后我去访华明，约他下午同去放风筝，并要他在上午来相帮我制一把鹞琴。他都欣然地同意，陪我出门，先到竹匠店里买两根长约三尺的篾，拿回我家，就在厢房里开始工作。我们把一根篾的篾青削下来，用小刀刮得同图画纸一样薄。然后把另一根篾弯成弓形，把那片篾青当作弓弦，扎成一把弓。华明握住了弓背在空中用力一挥，那篾青片发出"嗡嗡"的声音，鹞琴就成功了。

下午，风和日暖，华明十二点半就来，拿了风筝和鹞琴，立等我盥洗。我草草地洗了脸，把口琴和昨天姐姐从中学里寄来的新歌谱，藏在衣袋里了，匆匆跟他出门。我们走到土地庙后面高堆山上，把风筝放起。待它放高了，收些鹞线下来，把鹞琴缚在离开鹞子数丈的鹞线上，然后尽量地放线。鹞琴立刻响起来，嗡嗡地，殷殷地，在晴空中散播悠扬浩荡的美音，似乎天地一切都在那里同它共鸣了！

把鹞线的根缚在一块断碑上了，我们不消管守。我们两人可倚在碑脚上闲坐。我摸出口琴来，开始练习姐姐寄我的《风筝》歌。这是她新近在中学校里学得的，《开明音乐教本》第二册里的一首歌。她把五线谱翻成了口琴用的简谱寄给我。我按谱吹奏下去，曲儿果然很好听。其轻快和飘逸的趣味，尤其适合目前的情景。口琴的音衬着鹞琴的音，犹似晨间所闻的黄莺声衬着铁马声，我也感到一种和平幸福而生趣蓬勃的青春的气象。

　　但是吹到最后一句，我停顿了。因为这一句里有一个高半音的fa字，我吹遍了口琴的二十三孔，吹不出这个音来。这怎么办呢？回去问了爸爸再练习。现在且换一个纯熟一点的轻快的小曲来点缀这一片春景吧。

芒种的歌

五点半到了。收了小提琴,放松弓弦,把琴和弓藏进匣子里,坐在北窗下的藤椅子里休息一下。一种歌声,从屋后的田坂里飘进楼窗来:

上有凉风下有水,

为啥勿唱响山歌?……

辽阔的大气共鸣着,风声水声伴奏着,显得这歌声异常嘹亮,异常清脆,使我听了十分爽快。半个月以来的身体疲劳和精神的苦痛,暂时都恢复了。

半个月以前,我进城去参加运动会。闭幕后,爸爸同我去访问新从外国回来的研究音乐的姨丈。姨丈说我很有音乐的天才。于是爸爸出了二十五块钱,托他给我买一只小提琴,并且在他的书架中选了这册枯燥的乐谱,教我天天练习。当时我们听了姨丈的演奏,大家很赞叹。爸爸曾经滑稽地骗我,说姨丈娶了一位外国姨母,很会唱歌的。我也觉得这乐器的音色真同肉声一样亲切而美丽,誓愿跟他学习。为了我要进学,不能住在城里,爸爸特地请姨丈到我家小住了一个星期,指导我初步。我每天四点钟从学校回家,休息半小时,就开始拉小提琴,一直拉到五点半或六点。姨丈去后,由爸爸指导练习。练到现在,已经半个月了,弄得我身体非常疲劳,精神非常苦痛:我天天站着拉提琴,腿很酸痛,我天天用下巴夹住提琴,头颈好像受了伤。我的左手指天天在石硬的弦线上用力地按,指尖已经红肿,皮肤将破裂了。想要废止,辜负爸爸的一片好意,如何使得?他以前曾费七十块钱给我买风琴。为了我的手太小,搭不着八个键板,我的风琴练习没有正式进行。如今又费二十五块钱给我买提琴,特地邀请姨丈来家教我,自己又放弃了工作来督促我。这回倘再半途而废,如何对得起爸爸?倘再忍耐下去,实在有些吃不消了。

怪来怪去,要怪这册练习书太没道理。天天教我弹那枯燥无味的东西,不是"独揽梅,揽梅花,梅花扫……"便是"独揽梅独,揽梅花揽,梅花扫梅……"从来没有一个好听些的乐曲给我奏。老实说,七十块钱的风琴,二十五块钱的提琴，都远不如一块钱的口琴。那小家伙我一学就会，而且给我吹的都是有兴味的小曲。凡事总要伴着有兴味，才好干下去。现在这些提琴曲"味同嚼蜡"。要我每天放学后站着嚼一个钟头蜡，如何使得！……今天的嚼蜡已经过去，且到外面散步一下。我从藤椅子里起身，对镜整理我的童子军装，带着沉重的心情走下楼去。

走到楼下，看见外婆一手提着手巾包，一手扶着拐杖，正在走进墙门来。姆妈上前去迎接她。我走近外婆面前，大喊一声"敬礼"，立正举手。外婆吓了一跳，摇了两摇，几乎摇倒在地，幸而姆妈扶得快，不曾跌跤。啊哟，我险些儿闯了祸。但最近我们校里厉行童子军训练，先生教我们见了长辈必须如此敬礼。对外婆岂可不敬？不过我自知今天因为提琴练得气闷，不免喊得太响了些。对面的若是体操先生，我原是十分恭敬的，但换了外婆，我刚才好像就是骂人或斥狗，真真对她不起！幸而姆妈善为解释，外婆置之一笑。然而她的确受了惊吓，当她走过庭院，到厅上去坐的时候，她的手一直抚摩着自己的胸膛。姆妈因此不安，用不快的眼色看我。我自知闯祸，就乘机退避。

走到门边，听见门房间里发出一种声音，咿呀咿呀，同我的小提琴声完全相似。听他所奏的曲子，委婉流丽，上耳甜津津的。这是王老伯伯的房间。难道王老伯伯也出二十五块钱买了一口提琴,而且已经学得这样进步了?我闯进门房间,看见他坐在椅子里,仰起头,架起脚,正在奏乐。他的乐器是在一个竹筒上装一根竹管和两弦线而成的,形如木匠的锯子,用左手扶着,放在膝上拉奏。看他毫不费力,而且很写意,外加奏得很好听。他见我来,摇头摆尾地拉得越是起劲了。我一把握住他的乐器,问他这叫什么,奏的是什么曲。他把弓挂在乐器头上,全部递给我,让我观玩。说道:"哥儿有一个琴,我也有一个琴。你的值二十五块钱,我的只花三毛半。这叫作'胡琴',我刚才拉的叫作《梅花三弄》。你看好听不好听?"

我照他的姿势坐下,也拉拉胡琴看,觉得身体很舒服,发音很容易,远胜于我的提琴,而且音色也不很坏。我想起了,这是戏文里常用的乐器,剃头司务们也常玩着的。但所谓《梅花三弄》,以前我听人在口琴上吹,觉得很不好听,为什么王老伯伯所奏的似乎动人得很呢?我问他,他笑道:"这叫作熟能生巧。我现在虽然又穷又老,年轻时也曾快活过来。那时候,我们村里一班小伙子,个个都会丝竹管弦。迎起城隍会来,我们还要一边走路,一边奏乐呢。那时拉一只《拜香调》,我现在还没有忘记。"说着就从我手中夺过胡琴去,咿呀咿呀地又拉起来。这是一种低级趣味的音乐,爸爸所称为靡靡之音的。我原感觉得不可爱,但似有一种魔力，着人如醉，不由我不听下去。听完了不知不觉地从他手里接过胡琴来，模仿着他的旋律而学习起来了。王老伯伯得了我这个知音，很是高兴，热心地来指导我。不久，我也在胡琴上学会了半曲《拜香调》，而且居然也会加花。

窗外有一个头在张望，我仔细一看，是爸爸。我犹如犯校规而被先生看见了一般，立刻还了胡琴，红着脸走出门去。爸爸没有问我什么，但说同我散步去。便拉了我的手，走到了屋后的田坂里。路旁有一块大石头，我们在石头上坐下了。

"你为什么请王老伯伯教那些乐器？"爸爸的声音很低，而且很慢；然而这是他对我最严厉的责备了。我不敢假造理由来搪塞，就把提琴练习如何吃力，如何枯燥无味，以及如何偶然受胡琴的诱惑的话统统告诉了他。最后我毅然地说："这也不过是暂时的感觉。以后我一定要勇猛精进，决不抛弃我的小提琴。"

爸爸的脸色忽然晴朗了，怡然地说："我很能原谅你。这是我的疏忽，没有预先把提琴练习的性状告诉你，而一味督察你用功。今天幸有这个机会，让我告诉你吧。你要记着：第一，音乐并不完全是享乐的东西，并非时时伴着兴味的。在未学成以前的练习时期，比练习英文数学更加艰苦，需要更多的努力和忍耐。第二，人生的事，苦乐必定相伴,而且成正比例。吃苦愈多,享乐愈大,反之,不吃苦就不得享乐。这是丝毫不爽的定理,你切不可忘记。你所学的提琴,是技术最难的一种乐器。须得下大决心,准备吃大苦头,然后可以从事学习的。从今天起,你可用另一副精神来对付它,暂时不找求享乐,且当它是一个难关。腿酸了也不管,头颈骨痛了也不管,指头出血了也不管,勇猛前进。通过了这难关,就来到享乐的大花园了。"

这时候,夕阳快将下山,农夫还在田坂里插秧。他们的歌声飘到我们的耳中:

上有凉风下有水,

为啥勿唱响山歌?

肚里饿来心里愁,

哪里来心思唱山歌?……

爸爸对我说:"你听农人们的插秧歌!芒种节到了,农人的辛苦从此开始了。插秧、种田、下肥、车水、拔草……经过不少的辛苦,直到秋深方才收获。他们此刻正在劳苦力作,肚饥心愁,比你每天一小时的提琴练习辛苦得多呢。"

我唯唯地应着,跟着他缓步归家。回家再见我的提琴,它似乎变了相貌,由嬉笑的脸变成严肃的脸了。

贺 年

十二月三十一日的清晨,我被弟弟的声音惊醒。他一早起身,正在隔壁房里且跳且叫:"日历只有一张了!过年了!大家快点起来过年!"随后是姆妈喊住他的声音:"如金!静些儿!爸爸被你打搅了!你已是高小学生,五年级读了半年了,怎么还是这般孩儿气,清早上大声叫跳?"弟弟静了下来,接着低声地向姆妈要新日历看。我连忙披衣起床,心中想:这回是今年最后一次的起床,明天便是新年例假了。这一想使我不怕冷,衣裳穿得格外快些。但回想姆妈对弟弟说的话,又想到我六年级已读了半年,再过半年要毕业了,不知能不能……有些儿担心。

我一面扣衣纽,一面走进姆妈房中,看见日历上果然只挂着单薄薄的一张纸,样子怪可怜的。弟弟捧着一册新日历,正在窗前玩弄。我走近去一看,只见厚厚的一刀日历,用红纸封好了，装在一片硬纸板上。纸板上端写着某香烟公司的店号。店号下面描着图案，图案中央作一长方形的圈子，圈子里面印着一个电影明星的照片。不知是胡蝶，还是徐来，我可认不得。但见她侧着头，扭着腰，装着手势，扁着嘴，欲笑不笑，把眼睛斜转来向我看。好像我们校里那个顽皮的金翠娥躲在先生的背后装鬼脸。我立刻旋转头，走下楼去洗脸。我们吃过早粥，赴校的时候，弟弟叮咛地关照姆妈，最后一张日历要让他回来撕，新日历要让他回来开。姆妈笑着答允了。

我们上完了今年最后一天的课，高兴地回到家里。弟弟放了书包就奔上楼，想去撕日历。但被爸爸阻住了。爸爸正坐在窗前的桌子旁边看画册。桌上供着一盆水仙花，一瓶天竹，一对红蜡烛，一只铜香炉和一只小自鸣钟。——这般景象，我似觉以前曾经看到过，但是很茫然了。仔细一想，原来正是去年今日的事！种种别的回忆便跟了它浮出到我的脑际来。

爸爸对弟弟说："今天是今年最后的一天，我们不要草草过去。我们大家来守岁，到夜半才睡觉。日历也要到夜半才可撕。在夜里，我们还要做游戏，讲故事，烧年糕吃呢！"弟弟听了又跳起来，叫起来。爸爸拉住他的臂膊说："不要性急，今年还有八个钟头呢。你们趁这时候先画一张贺片，向你们的最好的朋友贺年。"

"好，好，好。"我们答应着，抢先飞奔下楼，向书包里去拿画具。途中我记起了：去年图画课中华先生叫我们画贺片，我画一只猪猡，同学们大家说"难看，难看"，华先生偏说"好看"。他说："你们为什么看轻猪猡？你们不是人家爱吃它的肉吗？"后来我告诉爸爸，爸爸说："因为中国画家向来不画猪猡，所以大家看不惯。其实也没啥，不过样子不及兔子、山羊那般玲珑罢了。"今年不知应该画什么动物了？等会儿问问爸爸看。

我们把画具端到楼上，放在东窗下的桌上，开始画贺片了。画些什么呢？我就问爸爸明年是什么年。爸爸说明年是丙子年，子年可以画个老鼠。但我所发现的题材，被弟弟抢了去。他说："我画老鼠！老鼠拉车子！昨天我在《小人国》里看见过的。"我同他论理，但他连说"对起，对起，对起，对起"，管自拿铅笔打稿子了。"对起"就是"对不起"，是他近来的口头禅。他每逢自知不合而又不舍得放弃的时候，便这样说。我知道他已热心于画老鼠拉车了，就让让他吧。但是我自己画什么呢？想了好久，记得以前华先生教我们画花的图案，我画得很高兴。现在就画些花的图案吧。

我的颜料没有上完，弟弟已经画好，拿去请爸爸看了。我赶快完成，也拿过去。但见爸爸拿着剪刀正在裁剪弟弟的画纸,一面说着:"你画老鼠拉车,不可画得太高。下面剪掉些,上面多留些空地写字吧。"剪成了明信片样的一张,他又说:"上面太空,添描一个很长的马鞭吧。"弟弟抢着说:"本来是有马鞭的,我忘记了!"爸爸就用指爪在贺片上划一个弯弯的线痕,叫他照样去画。爸爸看了我的画,说:"很好看;但你可用更深的红在花瓣上作个轮廓,用更深的绿在叶子上作个轮廓。那么,深红配淡红,深绿配淡绿,好看得多。这叫作'同类色调和'。"我照他所说的去改了。弟弟已经画好马鞭,看看我的画,跳起来说:"姐姐用颜料的!不来,不来,我要画过!"就向爸爸嚷着要换。爸爸说:"如金!画不一定要用颜料的呀!你姐姐的是'装饰画',所以用颜料。你的是'记事画',可以不用颜料。"但弟弟始终不满意,噘起小嘴唇看我的画,连说着"我要画过,我要画过"。这时候姆妈进来了。她听见了弟弟咕噜咕噜,就来看他的画;知道他嫌没有颜料,就对他说:"也可以着颜料的。我教你吧:小人的衣服上着红色,小车的轮子上着黄色,老鼠和车子本来是黑色的。"弟弟照姆妈的话做了,觉得果然好看,就笑起来。爸爸衔着香烟,也走过来看,笑着说:"很好,很好,全靠姆妈,不然又要闹气了。但我看红色太孤零,没有'呼应'。最好拉车的绳子换了红色。"弟弟又抢着说:"原是一根红头绳呀!我在《小人国》里看见的。"于是大家商量改的方法。姆妈对我说:"逢春!你帮帮他吧。先用橡皮将黑绳略略擦去,然后用白粉调了红颜料盖上去。"我照姆妈的话给他改。弟弟见我改成功了,又连说"对起,对起,对起,对起"。姆妈说:"不要'对起'了,且说你们这两张贺片送给哪个。"我和弟弟齐声说出:"送给秋家叶心哥哥。"爸爸说"好",就教我们写字。姆妈说:"写好了大家下来吃夜饭吧。吃过夜饭还要守岁呢。上星期叶心曾说放了年假来守岁,黄昏时他也许会来的。"说过,就先自下楼去了。

弟弟吃饭来得最迟,他手里拿着一封信,封壳上贴着一分邮票,写着"本镇梅花弄八号秋叶心先生收,梅花弄二号柳宅寄"。匆忙地对我们说:"我到邮政局里去寄了这两张贺片再来吃饭。"就飞奔去了。爸爸笑着说:"哈哈!还是秋家近,邮政局远呢!"姆妈也说:"恐怕信没有到邮政局,人已经来这里了!"

吃过夜饭,我们正在点起红烛,准备守岁的时候,邮差敲门了。我们收到一封城里寄来的信。拆开一看,原来是叶心哥哥从县立初级中学寄来的贺年片。附着一封信,说他要今日晚快回家,先把贺片寄给我们,晚上他也来我家守岁。我和弟弟欢喜得很,忙将贺片给爸爸看,爸爸啧啧称赞道:"到底不愧为美术家的儿子!又不愧为中学生!他的画兼有你们二人的画的好处呢：逢春画两枝花，形式固然美观了；但是内容没有表示新年的意义。如金画只老鼠，内容原有新年的意义了；但是形式好像《小人国》童话书里的插画，不甚适于贺片的装饰。亏得加了一根长马鞭，把'恭贺新禧'等字钩住，还有点图案的意味。现在看到叶心的画，觉得是两全的了。在形式上，松树占了左边；地，海和朝阳占了下边；青云和松叶占了上边，成了三条天然的花边。在内容上，这几种东西又都含有庆贺新年的意思：初升的太阳，常青的松树，高的云，广的海，和活泼的出巢的小鸟，没有一样不表出新年的欢乐和青年的希望。题的字也很有意味呢！"我们争问爸爸怎么叫作"美意延年"？他继续说："这是出于《荀子》里的。美意就是快美的心，也可说就是爱美的心。延年就是延长寿命。一个人爱美而快乐，可以康健而长寿。这意思比你们的'恭贺新禧'高明得多了。"我听了觉得脸上有些发热，同时更佩服叶心哥哥的天才了。爸爸又仔细看他的贺片，摇摇头对姆妈说："叶心的美术的确进步了。你看他布置多么匀称：太阳耸得最高的地方，这一行字特地缩短些，交互相补。进中学才半年，就这样进步，这孩子……"姆妈正拿着一本新日历想要去挂。爸爸随手把贺片放在日历上端的电影明星的照片上，说道："咦！大小正好。倘换了这张，好看得多，有意思得多呢。"我本来讨厌这装鬼脸的金翠娥，要挂着了教我看她一年，真有些难受。我连忙赞成爸爸的话，提议把贺片用糨糊粘上。爸爸和姆妈都说"好"，弟弟也说"好"。我就实行我的提议。但把糨糊涂到电影明星的脸上和身上去的时候，我又觉得有些对她不起。旁观的弟弟早已感到这意思，他笑着说："对起，对起，对起，对起！"

不久叶心哥哥来了。他果然还没有收到我们的贺片。我们谢他的贺片，并把爸爸称赞他的话告诉他，羡慕他的美术的进步。他脸孔红了，咬着嘴唇旋转头去，恰好看见了粘在日历上边的贺片。他惊奇地一笑，又转向别处。后来对我们说："待我收到了你们的贺片，把它们镶在镜框里！"

我们这晚做了种种游戏，讲了许多故事，又吃年糕和橘子。直到敲出十二点钟，方才由弟弟撕去最后一张旧日历，打开新日历。年已经过了！父亲派工人送叶心哥哥归家。我们送他出了门，各自去睡觉。我梦到"美意延年"的画境里，在那松下海边盘桓了多时。醒来时，元旦的初阳已照在我的床上了。

葡 萄

午饭后接到弟弟的信。正想拆看,上课铃响出了,我就带了这信去上数学课。先生说要增加趣味,教科以外又发油印的四则问题讲义,这回点几个人到黑板上去演算。这些问题我早已做出,不耐烦坐着看别人吃粉笔灰。对不起,犯一次校规了。我就偷偷地拆开弟弟的信,把信纸夹在数学书里。把书竖立在桌上,从容地看信。但见信上写道:

逢春姐姐:

你离开家里已经半个多月了。但是家里没有一天不提起你的名字。姆妈搬出了饭菜,就对着书房间喊:"逢春的爸爸,吃饭了!"爸爸在厕所里走不出来,也就挺起喉咙喊:"逢春的娘,拿点粗纸来!"昨天星期日,上午三舅妈来,恰好姆妈到裁缝店里去了,爸爸同她谈话：逢春的娘长，逢春的娘短。我听了实在好笑。后来姆妈回家，同三舅妈谈话：又是逢春的爸爸长，逢春的爸爸短。我听了有些耐不住，当场对姆妈说："姆妈，你叫爸爸，为什么一定要拖姐姐在里头呢？"姆妈笑着骂我："难道拖你在里头？可惜你来得迟了一点！"

我看到这里，忘记了身在教室，独自笑起来。幸而先生正在起劲地讲"乌龟四只脚，鹤两只脚"，没有注意我的笑。我继续看下去：

小天井里的葡萄，你去时还没有熟，现在已经很大而且很甜。生的又多，仰望好像一串一串的绿珠子。我每天放学回家，自己爬上梯子去采一球来吃。一个人哪里吃得及呢？我们送一大篮给外婆家，一小篮给华明家，一小篮给宋家伯伯家。阿四自己采了一篮，去给小阿四吃。邮差来送信，爸爸叫他自己爬上去采。一身绿衣裳钻在葡萄棚底，人忽然不见了，但闻空中笑声。姆妈叫我不要把玩耍事体告诉你，防恐你在校中想着家里，没心想读书。但我知道你不会。因为我以前常常听你说："应该玩耍而玩耍，是快乐的；不应该玩耍而玩耍，反而苦痛。"况且你住在学校里，一定也有学校生活的乐处。我把家庭生活的乐事告诉你,你把学校生活的乐事告诉我,互相交换听听,岂不更加快乐?我听宋慧民说,他爸爸日内要进城,到你们校里来望宋丽金。今天下午我采了最大的三球葡萄,放在雪茄烟匣子里,托宋慧民转请宋家伯伯带给你。他动身日子不定,也许你收到这封信后,不久有得吃家里的葡萄了。祝你身体健康,学业进步。

你的弟弟如金上言
九月十四日夜八点钟

我偷看信毕,他们还在黑板旁边讲"乌龟四只脚,鹤两只脚",纠缠不清。好容易打下课钟了。回到自修室,见案上放着一只雪茄烟匣子,一个纸包,旁边附一张宋家伯伯的名片。名片反面有铅笔字:"来访适值上课。令弟嘱送食物一匣,请收。外食物一包烦交小女。明日下午再来访问。逢春女士鉴。"我忙把名片给宋丽金看。两人欢喜地拆看食物,我的是葡萄,宋丽金的是猪油炒米粉。我把葡萄分送宋丽金,宋丽金也把猪油炒米粉分送我。我想再分送些给叶心哥。但是这学校的习惯,男女学生隔离很远,非但不相往来,在课堂中见了面也不交一语。况且他是二年级生,与我不同课堂。故我如今虽然和他同学,反比以前生疏了。葡萄

也不便分送给他。课余我吃着葡萄,联想家里的情形,感谢弟弟的好意。就拿起笔来,写这样的一封回信给他:

弟弟:

收到你的信后一小时,就接到宋家伯伯带来的葡萄。我非常感谢。你送我一匣真的葡萄,我现在报你一张画的葡萄。上星期,这里的图画先生教我们画一幅葡萄的临画。这是我入中学后第一张图画成绩,现在附在这信里寄给你,请你留作纪念。先生说,学画应该以写生为主;但临摹别人的作品,也可学点笔法。故难得临画几次,也是必要的。我觉得很对。你看这幅画用笔并不繁,而葡萄的特点都能表出。还有一个关于画葡萄的故事告诉你:前天我向这里的图书室借了一册丰子恺著的《艺术趣味》来读。看见里面有一节说:从前希腊有两位画家,一位名叫才乌克西斯(Zeuxis),还有一位名叫巴尔哈西乌斯(Parrhasius),都是耶稣纪元前的人。他们的作品已经不传,只有一个故事传诵于后世——这两位画家的画,都画得很像,在希腊为齐名的两大画家。有一天,两人各拿出自己的杰作来,在雅典的市民面前展览比赛。全市的美术爱好者,大家到场来看两大画家的比赛。只见才乌克西斯先上台,他手中夹一幅画,外面用袱布包着。他在公众前把袱布解开,拿出画来。画中描的是一个小孩子,头上顶一篮葡萄,站在田野中。那孩子同活人一样,眼睛似乎会动的。但上面的葡萄描得更好,在阳光下望去,竟颗颗凌空,汁水都榨得出似的。公众正在拍手喝彩,忽然空中飞下两只鸟来,向画中的葡萄啄了几下,又惊飞去。这是因为他的葡萄画得太像,天空中的鸟竟上了他的当,以为是真的葡萄,故飞下来啄食。于是观者中又起了一阵热烈的拍掌和喝彩。才乌克西斯的画既已受了公众的激赏,他就满怀得意地走下台来,请巴尔哈西乌斯上台献画。在观者心中想来,巴尔哈西乌斯一定比不上才乌克西斯。哪有比这幅葡萄更像的画呢?他们看见巴尔哈西乌斯夹了包着的画,缓缓地踱上台来,就代他担忧。巴尔哈西乌斯却笑嘻嘻地走上台来,把画倚在壁上了,对观者闲眺。观者急于要看他的画,拍着手齐声叫道:"快把包袱解开来呀!"巴尔哈西乌斯把手叉在腰际,并不去解包袱,仍是笑嘻嘻地向观者闲眺。观者不耐烦了,大家立起身来狂呼:"画家!快把包袱解开,拿出你的杰作来同他比赛呀!"巴尔哈西乌斯指着他的画说道:"我的画并没有包袱,早已摆在诸君眼前了。请看!"观者仔细一相,才知道他所描的是一个包袱,他所拿上来的正是他的画,并非另有包袱。因为画得太像,观者的数千百双眼睛都受了他的骗,以为是真的包袱。于是大家叹服巴尔哈西乌斯的技术,说前者只能骗鸟,后者竟能骗人。弟弟,你听了这故事做何感想?我知道你一定又有一番大议论。下次来信,请把你的感想告诉我。

你的姐姐逢春
九月十六日下午五时

寄寒衣

姐姐：

　　你的新棉袄已经做好，现在托宋家伯伯带上，请你查收。姆妈叫我写信对你说：这件棉袄虽是丝绵的，但是很薄，现在就可穿了。童子军露营的时候不可不穿。因为我们生在产丝绵的地方，从小穿惯丝绵，严冬不穿棉花要伤风，尤其是露营的夜里，姆妈怕厚了穿在童子军装里面太臃肿，所以翻得特别薄，而且裁得特别小，包你穿了不变大胖子。叫你切不可把棉袄藏在箱子里，而只管挨冻。

　　关于你的棉袄，我还有一点话对你说：这种衣料叫作"梅萼呢"，是我同姆妈两人去买的。那天庙弄口新开绸缎店，我同姆妈去剪衣料。剪你的棉袄料时，姆妈叫我选。我看见他们橱窗里的衣料颜色和花样很多，实在无从选起。后来我一想，你是欢喜纯青灰色的，就选了一种没有花纹的"标准布",但是姆妈不赞成,说大姑娘家不宜穿得这么素净;青灰不妨,但总要有些花的。就叫我另选"梅葛呢",我一看,都是很华丽的。只有一种曲线格子的,最为雅观,就选中了它。姆妈还不赞成,定要换一种梅花的。我说:"用这种布做了,姐姐一定不要穿,露营回来一定重伤风。"姆妈这才赞成,剪了我所选定的曲线格子的"梅葛呢"。拿回家里给爸爸看,他说花纹很好。我很欢喜。仔细一看,果然很好。这种曲线格子不知怎样画的。横线和直线都是水浪形,而且相交叉的地方处处一律,毫没一点参差。我用铅笔在纸上画画看,无论如何也画不正确。去问爸爸,爸爸说:"这是图案画,要用器具画的。"我再问他用什么器具,他说:"图画仪器!将来我去寻出来教你画。"说了就衔着香烟踱开去。我不再问他。第二天到校,我问华先生,在黑板上把浪纹格子画给他看,问他怎样可以画得正确。他说:"这要用两脚规画,很难很难,但你们现在不必学这种画。"我也不再问他。后来我把这事对华明说了。第二天华明到他爸爸——华先生——的抽屉里偷出一只两脚规来给我看。我玩玩看,很有趣味。旋一旋,一个圆圈;旋一旋,一个圆圈。用手来描,无论如何描不这样正确。但是你的棉袄上的浪纹格子,用这家伙怎样描得出呢？我想不出，华明也想不出。华明去问他爸爸，他爸爸回答他的话，同我爸爸回答我的话一样搪塞。我不懂得这种浪纹格子的画法，很不舒服，好像有一件事没有做完，常常挂在心头。华明笑我："你不晓得的事多得很呢：飞机怎样造，高射炮怎样打，矿怎样开……天下的事，哪里知道得许多呢？"然而我不相信他的话。因为我想，这不过是一种画法，不是那么重大的事。我的要求，不算过分。现在我把这事告诉你，你在中学校，见闻较多，不知能把这种画的方法告诉我吗？

这封信藏在棉袄袋里，恐怕你不发现，另外在一张纸条上写了"袋内有信"四个字，放在衣包内。又恐怕你打开衣包时纸条要遗失，又在包面上写了"内有纸条"四个字。还恐怕你不细看包面上的字，姆妈托宋家伯伯转托宋丽金口头关照你"包面上有字"。你看到了这信，写个回信给我。

你的弟弟如金上言
十二月一日

弟弟：

宋丽金送给我衣包的时候，再三关照我"袋内有信"。我读完了信然后看见包内的条子,看见了条子然后看见包上的字。

寄来的棉袄,我穿上去很称身,而且颜色花纹也都很好。我试穿后,就一直穿上了。露营三天,已经过去。我们在露营中自己烧饭吃,非常有趣。晚上十个人同睡在一个营帐内,大家一身大汗,巴不得有人来偷营,出去透一口气。哪会伤风呢?我现在身体很好,不像从前在家里时那么怕冷怕热。请你对姆妈说,叫她放心。

衣料的颜色我的确欢喜。花纹也很雅观。画这种花纹,我看了一会,觉得一定可用两脚规画;但怎样画法,一时想不出来。昨天晚上,我特地去问秦先生。她教了我种种有趣的画法。我才知道两脚规这件东西真是妙用无穷。现在我把她所教我的种种画法描成一图,寄给你看,想你一定很欢喜。同时我又买了一只两脚规寄给你,省得你叫华明去偷。我寄给你的图中,有九个方块,但共有十二种花样,因为其中有三块是每块中含有两种花样的。第一行中的右手旁边的一块,就是我的棉袄上的花纹。这花纹的画法看似复杂,其实很简单。你只要画一张正方形的格子,以任何一个交叉点为中心,以一格的对角线为半径,作一个圆。这个圆一定通过八个方格。揩去了相对的每两方格里的弧线，其余相对的每两方格里的弧线，就是相邻的两条浪纹的一部分。你依照图中的格子仔细去看，一定容易悟通这画法。很有规则，很死板，一点不难。你看懂了这种浪纹格子以后，别的花样的画法也都容易看懂，不必我一一细说了。万一有看不懂的地方，可用两脚规去试试看。能够寻出每段弧线的圆心，就容易懂得它的画法了。你看懂了这十二种画法以后，一定会自己创造出种种花样来。只要先画格子，正方的，长方的，斜方的，或者混合的。然后把两脚规的尖脚放在格子的交点上，把两脚规的开度自由伸缩，把弧线的连接自由支配，就可画出无穷的花样来。秦先生说："织物图案和装饰图案，全靠一只两脚规。"这家伙真是妙用无穷的。

弟弟！你玩了这家伙，一定趣味很浓；但我要通知你：这不是很难的一种图画。这种画有规则，很呆板；只要细心，谁都会描。反之，像那种写生画，没有一定的规则，而美恶显然不同，这才是美术上的难事，光是细心没有用了。秦先生这样说，我也这样地感到。我觉得画这种画，好比做缝纫，只要耐心，一针一针地缝，总会缝得成功。写生画就不同：不一定要耐心，也不一定要细心。有的时候，耐心了细心了反而不好。用器画注重机械的表现，同一题材，各人所描的结果大致一样。反之，写生画注重个性的表现，十人同画一种水果，画出来的人人不同。所以你倘欢喜用器画，须当它图画的一部分而研究。在工艺美术、实用美术方面，用器画是很重要的。现代的人，有赖于用器画甚多。一切工艺，都是靠了用器画的帮助而制成的。我们大家应该研究这种画法；但这是图画的一部分。除此以外，我们还得研究别种图画。

年假不到一个月了。我半年不回家，第一次回家时怎样高兴，现在也想象不出。

        你的姐姐逢春谨复
         十二月四日

穷小孩的跷跷板

有一个人写一封匿名信给我,信壳上左面但写"寄自上海法租界"。信上说:"近来在《自由谈》上,几乎每天能见到你的插画。(中略)前数天偶然看见几个穷小孩在玩。他们的玩法,我意颇能作你的画稿的材料。而且很合你向来的作风。现在特地贡献给你,以备采纳。此祝康健。一个敬佩你的读者上。七,十一。"后面又附注:"小孩的玩法——先把一条长凳放置地上。再拿一条长凳横跨在上面。这样两个小孩坐在上面一张长凳的两端,仿跷跷板的玩法,一高一低地玩着。"

这是一封"无目的"的无头信。推想这发信人是纯为画的感兴所迫而写这封信给我的。在扰扰攘攘的今世,这也可谓一件小小的异闻。

我闭了眼睛一看,觉得这匿名的通信者所发现的,确是我所爱取的画材。便乘兴背摹了一幅。这两个穷小孩凭了他们的小心的智巧，利用了这现成的材料，造成了这具体而微的运动具。在贫民窟的环境中，这可说是一种十分优异的游戏设备了。我想象这两个穷小孩各据板凳的一端而一高一低地交互上下的时候，脸上一定充满了欢笑。因为他们是无知的幼儿，不曾梦见世间各处运动场里专为儿童置办的种种优良的幸福的设备，对于这简陋的游戏已是十分满足了。这种游戏的简陋和这两个小孩的穷苦，只有我们旁人感到，他们自己是不知道的。

因此我想到了世间的小孩苦。在这社会里，穷的大人固然苦，穷的小孩更苦！穷的大人苦了，自己能知道其苦，因而能设法免除其苦。穷的小孩苦了，自己还不知道，一味茫茫然地追求生的欢喜，这才是天下之至惨！

闻到隔壁人家饭香，攀住了自家的冷灶头而哭着向娘要白米饭吃。看见邻家的孩子吃火肉粽子，丢掉了自己手里的硬蚕豆而嚷着："也要！"老子落脱了饭碗头回家，孩子抱住了他带回来的铺盖而喊："爸爸买好东西来了！"老棉絮被头上了当铺，孩子抱住了床里新添的稻柴束当洋囡囡玩。讨饭婆背上的孩子捧着他娘的髻子当皮球玩，向着怒骂的不布施者嘤嘤地笑语。——我们看到了这种苦况而发生同情的时候，最感触目伤心的不是穷的大人的苦，而是穷的小孩的苦;大人的苦自己知道,同情者只要分担其半;小孩的苦则自己不知道,全部要归同情者担负。那攀住了自己的冷灶头而向娘要白米饭吃的孩子,以为锅子里总应有饭,完全没有知道他老子种出来的米,还粮纳租早已用完,轮不着自己吃了。那丢掉了硬蚕豆而嚷着也要火肉粽子的孩子,只知道火肉粽子比硬蚕豆好吃,他有得吃,我也要吃,全不知道他娘做女工赚来的钱买米还不够。那抱住了老子的铺盖而喊"爸爸买好东西来了"的孩子,只知道爸爸回家总应该有好东西带来,全不知道社会已把他们全家的根一刀宰断,不久他将变成一张小枯叶了。那抱住了代棉被用的稻草柴当洋囡囡玩的孩子,只觉今晚眠床里变得花样特别新鲜,全不想到这变化的悲哀的原因和苦痛的结果。讨饭婆子背上的孩子也只是任天而动地玩耍嬉笑,全不知道他自己的生命托根在这社会所不容纳的乞丐身上,而正在受人摈斥。看到这种受苦而不知苦的穷的小孩,真是难以为情!这好比看见初离襁褓的孩子牵住了尸床上的母亲的寿衣而喊"要吃甜奶",我们的同情之泪,为死者所流者少,而为生者所流者多。八指头陀咏小孩诗云:"骂之唯解笑,打亦不生嗔。"目前的穷人,多数好比在无辜地受骂挨打:大人们知道被骂被打的苦痛,还能呻吟,叫喊,挣扎,抵抗;小孩们却全不知道,只解嬉笑,绝不生嗔。这不是世间最凄惨的状态吗?

比较起上述的种种现状来，我们这匿名的通信者所发现的穷小孩的游戏，还算是幸福的。他们虽然没有福气入学校，但幸而不须跟娘去捡煤屑，不须跟爷去捉狗屎，还有游戏的余暇。他们虽然不得享用运动场上为小孩们特制的跷跷板，但幸而还有这两只板凳，无条件地供他们当作运动具的材料。

只恐怕日子过下去，不久他的爷娘要拿两条板凳去换米吃，要带这两个孩子去捡煤屑，捉狗屎了。到那时，我这位匿名的通信者所发现和我的所画，便成了这两个穷小孩的黄金时代的梦影。

一九三四年七月十四日

长孙抱幼子

你给我削瓜　我给你打扇

小语春风弄剪刀

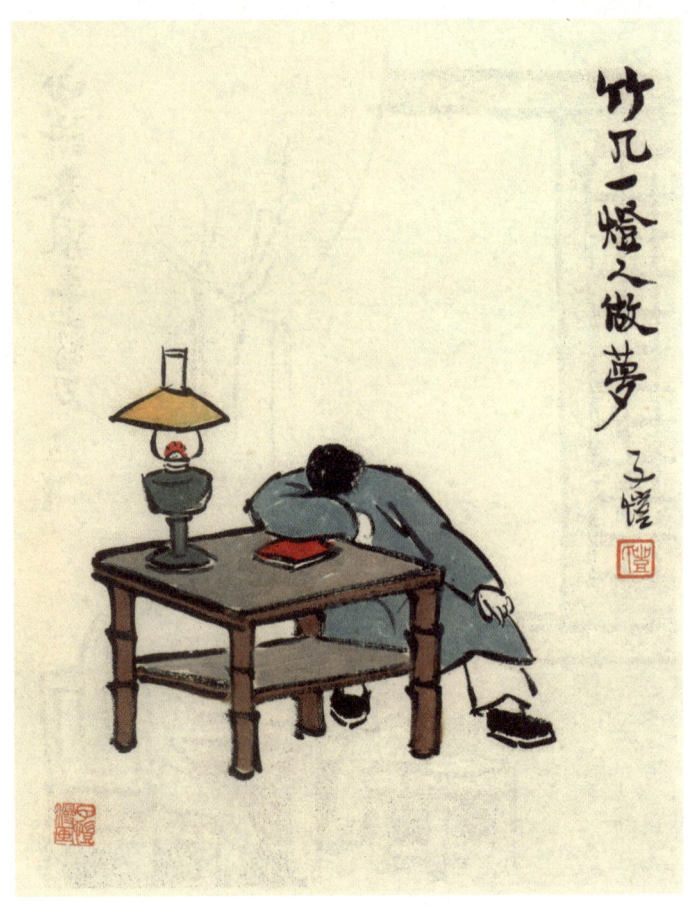

竹几一灯人做梦

吾徒胡为纵此乐　暴殄天物圣所哀

团结就是力量

民间之春

江春不肯留行客　草色青青送马蹄

折得荷花浑忘却　空将荷叶盖头归

人散后一钩新月天如水

今晚两岁　明朝三岁

手倦抛书午梦长

姊妹

炮弹做花瓶　万世乐太平

流光容易把人抛　红了樱桃绿了芭蕉

秋饮黄花酒

四 认识世间相

晨 梦

我常常在梦中晓得自己做梦。晨间,将醒未醒的时候,这种情形最多,这不是我一人独有的奇癖,讲出来常常有人表示同感。

近来我尤多经验这种情形:我妻到故乡去作长期的归宁,把两个小孩子留剩在这里,交托我管。我每晚要同他们一同睡觉。他们先睡,九点钟定静,我开始读书,作文,往往过了半夜,才钻进他们的被窝里。天一亮,小孩子就醒,像鸟儿似的在我耳边喧聒,又不绝地催我起身。然这时候我正在晨梦,一面隐隐地听见他们的喧聒,一面作梦中的遨游。他们叫我不醒,将嘴巴合在我的耳朵上,大声疾呼:"爸爸!起身了!"立刻把我从梦境里拉出。有时我的梦正达于兴味的高潮,或还没有告段落,就回他们话,叫他们再唱一曲歌,让我睡一歇,连忙蒙上被头,继续进行我的梦游。这的确会继续进行,甚且打断两三次也不妨。不过那时候的情形很奇特:一面寻找梦的头绪,继续演进,一面又能隐隐地听见他们的唱歌声的断片。即一面在热心地做梦中的事,一面又知道这是虚幻的梦。有梦游的假我,同时又有伴小孩子睡着的真我。

但到了孩子大哭,或梦完结了的时候,我也就毅然地起身了。披衣下床,"今日有何要务"的真我的正念凝集心头的时候,梦中的妄念立刻被排出意外,谁还留恋或计较呢?

"人生如梦",这话是古人所早已道破的,又是一切人所痛感而承认的。那么我们的人生,都是——同我的晨梦一样——在梦中晓得自己做梦的了。这念头一起,疑惑与悲哀的感情就支配了我的全体,使我终于无可自解,无可自慰。往往没有穷究的勇气,就把它暂搁在一旁,得过且过地度几天再说。这想来也不是我一人的私见,讲出来一定有许多人表示同感吧!

因为这是众目昭彰的一件事:无穷大的宇宙间的七尺之躯,与无穷久的浩劫中的数十年,而能上穷星界的秘密,下探大地的宝藏,建设诗歌的美丽的国土,开拓哲学的神秘的境地。然而一到这脆弱的躯壳损坏而朽腐的时候,这伟大的心灵就一去无迹,永远没有这回事了。这个"我"的儿时的欢笑,青年的憧憬,中年的哀乐,名誉,财产,恋爱……在当时何等认真,何等郑重;然而到了那一天,全没有"我"的一回事了!哀哉,"人生如梦"!

然而回看人世,又觉得非常诧异:在我们以前,"人生"

已被反复了数千万遍,都像昙花泡影地倏现倏灭。大家一面明明知道自己也是如此,一面却又置若不知,毫不怀疑地热心做人。——做官的热心办公,做兵的热心体操,做商的热心算盘,做教师的热心上课,做车夫的热心拉车,做厨房的热心烧饭……还有做学生的热心求知识,以预备做人——这明明是自杀,慢性的自杀!

这便是为了人生的饱暖的愉快,恋爱的甘美,结婚的幸福,爵禄富厚的荣耀,把我们骗住,致使我们无暇回想,流连忘返,得过且过,提不起穷究人生的根本的勇气,糊涂到死。

"人生如梦!"不要把这句话当作文学上的装饰的丽句!这是当头的棒喝!古人所道破,我们所痛感而承认的。我们的人生的大梦,确是——同我的晨梦一样——在梦中晓得自己做梦的。我们一面在热心地做梦中的事,一面又知道这是虚幻的梦。我们有梦中的"假我",又有本来的"真我"。我们毅然起身,披衣下床,"真我"的正念凝集于心头的时候,梦中的妄念立刻被置之一笑,谁还留恋或计较呢?

同梦的朋友们!我们都有"真我"的,不要忘记了这个"真我",而沉酣于虚幻的梦中!我们要在梦中晓得自己做梦,而常常找寻这个"真我"的所在。

一九二七年

儿戏

楼下忽然起了一片孩子们暴动的声音。他们的娘高声喊着:"两只雄鸡又在斗了,爸爸快来劝解!"我不及放下手中的报纸,连忙跑下楼来。

原来是两个男孩在打架:六岁的元草要夺九岁的华瞻的木片头,华瞻不给,元草哭着用手打他的头;华瞻也哭着,双手擎起木片头,用脚踢元草的腿。

我放下报纸,把身体插入两孩子的中间,用两臂分别抱住了两孩子,对他们说:"不许打!为的啥事体?大家讲!"元草竭力想摆脱我的手臂而向对方进攻,一面带哭带嚷地说:"他不肯给我木片头!他不肯给我木片头!"似乎这就是他打人的正当理由。华瞻究竟比他大了三岁,最初静伏在我的臂弯里,表示不抵抗而听我调解,后来吃着口声辩:"这些木片头原是我的!他要夺,我不给,他就打我!"元草用哭声接着说:"他踢我!"华瞻改用直接交涉,对着他说:"你先打!"在旁作壁上观的宝姊姊发表意见:"轻句还重句,先打朊道理!"

背后另一个又发表一种舆论:"君子开口,小人动手!"我未及下评判,元草已猛力退出我的手臂,突然向对方袭击。他们的娘看我排解无效,赶过来将元草擒去,抱在怀里,用甘言骗住他。我也把华瞻抱在怀里,用话抚慰他。两孩子分别占据了两亲的怀里,暴动方始告终。这时候,"五香……豆腐干"的叫声在后门外亲切地响着,把脸上挂着眼泪的两孩子一齐从我们的怀里叫了出去。我拿了报纸重回楼上去的时候,已听到他们复交后的笑谈声了。

但我到了楼上,并不继续看报。因为我看刚才的事件,觉得比看报上的国际纷争直截明了得多。我想:世间人与人的对待,小的是个人对个人,大的是团体对团体。个人对待中最小的是小孩对小孩,团体对待中最大的是国家对国家。在文明的世间,除了最小的和最大的两极端而外,人对人的交涉,总是用口的说话来讲理,而不用身体的武力来相打的。例如要掠夺,也必用巧妙的手段;要侵占,也必立巧妙的名义:所谓"攻击"也只是辩论,所谓"打倒"也只是叫喊。故人对人虽怀怨害之心,相见还是点头握手,敷衍应酬。虽然也有用武力的人,但"君子开口,小人动手",开化的世间是不通行用武力的。其中唯有最小的和最大的两极端不然：小孩对小孩的交涉，可以不讲理，而通行用武力来相打；国家对国家的交涉，也可以不讲理，而通行用武力来战争。战争就是大规模的相打。可知凡物相反对的两极端相通似，或相等。

国际的事如儿戏，或等于儿戏。

一九三二年

世间相

把日常生活的感兴用"漫画"描写出来——换言之,把日常所见的可惊、可喜、可悲、可哂之相,就用写字的毛笔草草地涂写出来——听人拿去印刷了给大家看,这事在我约有了十年的历史,仿佛是一种习惯了。中国人崇尚"不求人知",西洋人也有"What's in your heart let no one know"的话。我正同他们的相反,专门画给人家看,自己却从未仔细回顾已发表的自己的画。偶然在别人处看到自己的画册,或者在报纸、杂志中翻到自己的插画,也好比在路旁的商店的样子窗中的大镜子里照见自己的面影,往往一瞥就走,不愿意细看。这是什么心理?很难自知。勉强平心静气地观察自己,大概是太稔熟,太关切,表面上反而变疏远了的缘故。中国人见了朋友或相识者都打招呼,表示互相亲爱;但见了自己的妻子,反而板起脸孔不搭白,表示疏远的样子。我的不欢喜仔细回顾自己的画,大约也是出于这种奇妙的心理的吧?

约十年前,我家住在上海。住的地方迁了好几处,但总无非是一楼一底的"弄堂房子",至多添了一间过街楼。现在回想起来,上海这地方真是十分奇妙:看似那么忙乱的,住在那里却非常安闲,家庭这小天地可以和忙乱的环境判然地隔离而安闲地独立。我们住在乡间,邻人总是熟识的,有的比亲戚更亲切;白天门总是开着的,不断地有人进进出出;有了些事总是大家传说的,风俗习惯总是大家共通的。住在上海完全不然。邻人大都不相识,门镇日严扃着,别人死了人与你全不相干。故住在乡间看似安闲,其实非常忙乱;反之,在上海看似忙乱,其实非常安闲。关了前门,锁了后门,便成一个自由独立的小天地。在这里面由你选取甚样风俗习惯的生活:宁波人尽管度宁波俗的生活,广东人尽管度广东俗的生活。我们是浙江石门湾人,住在上海时也只管说石门湾的土白,吃石门湾式的饭菜,度石门湾式的生活;却与石门湾相去千里。现在回想,这真是一种奇妙的生活!

除了出门以外,在家里所见的只是这个石门湾式的小天地。有时开出后门去,换掉些头发(《子恺画集》六四页),有时从过街楼上挂下一只篮去买两只团子(《子恺漫画》

七〇页），有时从阳台眺望屋瓦间浮出来的纸鸢（《子恺漫画》六三页），知道春已来到上海。但在我们这个小天地中，看不出春的来到。有时几乎天天同样，辨不出今日和昨日。有时连日没有一个客人上门，我妻每天的兴事，就是傍晚时光抱了瞻瞻，携了阿宝，到弄堂门口去等我回家（《子恺漫画》六九页）。两岁的瞻瞻坐在他母亲的臂上，口里唱着："爸爸还不来，爸爸还不来！"六岁的阿宝拉住了她娘的衣裾，在下面同他和唱。瞻瞻在马路上扰攘往来的人群中认到了带着一沓书和一包食物回家的我，突然地欢呼舞蹈起来，几乎使他母亲的手臂撑不住。阿宝陪着他在下面跳舞，也几乎撕破了她母亲衣裾。他们的母亲呢，笑着喝骂他们。当这时候，我觉得自己立刻化身为二人。其一人做了他们的父亲或丈夫，体验着小别重逢时的家庭团圆之乐；另一个人呢，远远地站了出来，从旁观察这一幕悲欢离合的活剧，看到一种可喜又可悲的世间相。

他们这样地欢迎我进去的，是上述的几与世间绝缘的小天地。这里是孩子们的天下。主宰这天下的，有三个角色，除了瞻瞻和阿宝之外，还有一个是四岁的软软，仿佛罗马的三头政治。日本人有Tototenka（父天下）、Kakatenka（母天下）之名，我当时曾模仿他们戏称我们这家庭为Tsetsetenka（瞻瞻天下）。因为瞻瞻在这三人之中势力最盛，好比罗马三头政治中的领袖。我呢,名义上是他们的父亲,实际上是他们的臣仆;而我自己却以为是站在他们这政治舞台下面的观剧者。丧失了美丽的童年时代,送尽了蓬勃的青年时代,而初入黯淡的中年时代的我,在这群真率的儿童生活中梦见了自己过去的幸福,觅得了自己已失的童心。我企慕他们的生活的天真,艳羡他们的世界的广大。觉得孩子们都有大丈夫气,大人比起他们来,个个都虚伪卑怯。又觉得人世间各种伟大的事业,不是那种虚伪卑怯的大人们所能致,都是具有孩子们似的大丈夫气的人所建设的。

我翻到自己的画册,便把当时的情景历历地回忆起来。例如:他们跟了母亲到故乡的亲戚家去看结婚,回到上海的家里时也就结起婚来。他们派瞻瞻做新官人。亲戚家的新官人曾经来向我借一顶铜盆帽。(注:当时我乡结婚的男子,必须戴一顶铜盆帽,穿长衫马褂,好像是代替清朝时代的红缨帽子外套的。我在上海日常戴用的呢帽,常常被故乡的乡亲借去当作结婚的大礼帽用。)瞻瞻这两岁的小新官人也借我的铜盆帽去戴上了。他们派软软做新娘子。亲戚家的新娘子用红帕子把头蒙住,他们也拿母亲的红包袱把软软的头蒙住了。一个戴着铜盆帽好像苍蝇戴豆壳;一个蒙住红包袱好像猢狲扮地戏,但两人都认真得很,脸孔板板的,跨步缓缓的,活像那亲戚家的结婚式中的人物。

宝姊姊说"我做媒人",拉住了这一对小夫妇而教他们参天拜地,拜好了又送他们到用凳子搭成的洞房里(《子恺画集》三十七页)。

我家没有一个好凳,不是断了脚的,就是擦了漆的。它们当凳子给我们坐的时候少,当游戏工具给孩子们用的时候多。在孩子们,这种工具的用处真真广大:请酒时可以当桌子用,搭棚时可以当墙壁用,做客人时可以当船用,开火车时可以当车站用。他们的身体比凳子高得有限,看他们搬来搬去非常吃力。有时汗流满面,有时被压在凳子底下。但他们好像为生活而拼命奋斗的劳动者,决不辞劳。汗流满面时可用一双泥污的小手来揩摸,被压去凳子底下时只要哭脱几声,就带着眼泪去工作。他们真可说是"快活的劳动者"(《子恺画集》三四页)。哭的一事,在孩子们有特殊的效用。大人们惯说:"哭有什么用?"原是他们的世界狭窄的缘故。在孩子们的广大的世界里,哭真有意想不到的效力。譬如跌痛了,只要尽情一哭,比服凡拉蒙灵得多,能把痛完全忘却,依旧遨游于游戏的世界中。又如泥人跌破了,也只要放声一哭,就可把泥人完全忘却,而热衷于别的玩具(《子恺画集》一六页)。又如花生米吃得不够,也只要号哭一下,便好像已经吃饱,可以起劲地去干别的工作了(《子恺漫画》六六页)。总之,他们干无论什么事都认真而专心,把身心全部的力量拿出来干。哭的时候用全力去哭,笑的时候用全力去笑,一切游戏都用全力去干。干一件事的时候,把除这以外的一切别的事统统忘却。一旦拿了笔写字,便把注意力全部集中在纸上(《子恺漫画》六八页)。纸放在桌上的水痕里也不管,衣袖带翻了墨水瓶也不管,衣裳角拖在火钵里燃烧了也不管。一旦知道同伴们有了有趣的游戏,冬晨睡在床里的会立刻从被窝钻出,穿了寝衣来参加;正在换衣服的会赤了膊来参加(《子恺漫画》九〇页);正在洗浴的也会立刻离开浴盆,用湿淋淋的赤身去参加。被参加的团体中的人们,对于这浪漫的参加者也恬不为怪,因为他们大家把全精神沉浸在游戏的兴味中,大家入了"忘我"的三昧境,更无余暇顾到实际生活上的事及世间的习惯了。

成人的世界,因为受实际的生活和世间的习惯的限制,所以非常狭小苦闷。孩子们的世界不受这种限制,因此非常广大自由。年纪愈小,其所见的世界愈大。我家的三头政治团中势力瞻瞻最大的,便是他年纪最小,所处的世界最广大自由的缘故。他见了天上的月亮,会认真地要求父母给他捉下来(《儿童漫画》);见了已死的小鸟,会认真地喊它活转(《子恺画集》二八页);两把芭蕉扇可以认真地变成他的脚踏车(《子恺画集》一七页);一只藤椅子可以认真地变成他的黄包车(《子恺画集》一八页);戴了铜盆帽会立刻认真地变成新官人;穿了爸爸的衣服会立刻认真地变成爸爸(《子恺漫画》九五页)。照他的热诚的欲望,屋里所有的东西应该都放在地上,任他玩弄;所有的小贩应该一天到晚集中在我家的门口,由他随时去买来吃弄;房子的屋顶应该统统除去,可以使他在家里随时望见月亮、鹞子和飞机;眠床里应该有泥土,种花草,养着蝴蝶与青蛙,可以让他一醒觉就在野外游戏(《子恺画集》二〇页)。看他那热诚的态度,以为这种要求绝非梦想或奢望,应该是人力所能办到的。他以为人的一切欲望应该都是可能的。所以不能达到目的的时候,便那样愤慨地号哭。拿破仑的字典里没有"难"字,我家当时的瞻瞻的词典里一定没有"不可能"之一词。

我企慕这种孩子们的生活的天真,艳羡这种孩子们的世界的广大。或者有人笑我故意向未练的孩子们的空想界中找求荒唐的乌托邦,以为逃避现实之所。但我也可笑他们的屈服于现实,忘却人类的本性。我想,假如人类没有这种孩子们的空想的欲望,世间一定不会有建筑、交通、医药、机械等种种抵抗自然的建设,恐怕人类到今日还在茹毛饮血呢。所以我当时的心,被儿童所占据了。我时时在儿童生活中获得感兴。玩味这种感兴,描写这种感兴,成了当时我的生活的习惯。

欢喜读与人生根本问题有关的书，欢喜谈与人生根本问题有关的话，可说是我的一种习性。我从小不欢喜科学而欢喜文艺。为的是我所见的科学书，所谈的大都是科学的枝末问题，离人生根本很远；而我所见的文艺书即使最普通的《唐诗三百首》《白香词谱》等，也处处含有接触人生根本而耐人回味的字句。例如我读了"想得故园今夜月，几人相忆在江楼"，便会设身处地地做了思念故园的人，或江楼相忆者之一人，而无端地兴起离愁。又如读了"流光容易把人抛，红了樱桃，绿了芭蕉"，便会想起过去的许多的春花秋月，而无端地兴起惆怅。我看见世间的大人都为生活的琐屑事件所迷着，都忘记人生的根本；只有孩子们保住天真，独具慧眼，其言行多足供我欣赏者。八指头陀诗云："吾爱童子身，莲花不染尘。骂之唯解笑，打亦不生嗔。对境心常定，逢人语自新。可慨年既长，物欲蔽天真。"我当时曾把这首诗用小刀刻在香烟管的边上。

这只香烟嘴一直跟随我，直到四五年前，有一天不见了。以后我不再刻这诗在什么地方。四五年来，我的家里同国里一样的多难：母亲病了很久，后来死了；自己也病了很久，后来没有死。这四五年间，我心中不觉得有什么东西占据着，在我的精神生活上好比一册书里的几页空白。现在，空白页已经翻厌，似乎想翻出些下文来才好。我仔细向自己的心头探索，觉得只有许多乱杂的东西忽隐忽现，却并没有一物力强的占据着。我想把这几页空白当作被开的几个大"天窗"，使下文仍旧继续前文，然而很难能。因为昔日的我家的儿童，已在这数年间不知不觉地变成了少年少女，行将变为大人。他们已不能像昔日地占据我的心了。我原非一定要自己的子女为儿童生活赞美的对象，但是他们由天真烂漫的儿童渐渐变成拘谨驯服的少年少女，在我眼前实证地显示了人生黄金时代的幻灭，我也无心再来赞美那昙花似的儿童世界了。

古人诗云："去日儿童皆长大，昔年亲友半凋零。"这两句确切地写出了中年人的心境的虚空与寂寥。前天我翻阅自己的画册时，陈宝（就是阿宝，就是做媒人的宝姊姊）、宁馨（就是做新娘子的软软）、华瞻（就是做新官人的瞻瞻）都从学校放寒假回家，站在我身边同看。看到"瞻瞻新官人，软软新娘子，宝姊姊做媒人"的一幅，大家不自然起来。宁馨和华瞻脸上现出忸怩的笑，宝姊姊也表示决不肯再做媒人了。他们好比已经换了另一班人，不复是昔日的阿宝、软软和瞻瞻了。昔日我在上海的小家庭中所观察欣赏，而描写的那群天真烂漫的孩子，现在似乎早已不在人间了！他们现在都已疏远家庭，做了学校的学生。他们的生活都受着校规的约束、社会制度的限制和世智的拘束；他们的世界不复如昔日那样广大自由；他们早已不做房子没有屋顶和眠床里种花草的梦了。他们已不复是"快活的劳动者"，正在为分数而劳动，为名誉而劳动，为知识而劳动，为生活而劳动了。

我的心早已失了占据者。我带了这虚空而寂寥的心，彷徨在十字街头，观看他们所转入的社会，我想象这里面的人，个个是从那天真烂漫、广大自由的儿童世界里转出来的。但这里没有"花生米不满足"的人，却有许多面包不满足的人。这里没有"快活的劳动者"，只见锁着眉头的引车者，无食无衣的耕织者，挑着重担的斑白者，挂着白须的行乞者。这里面没有像孩子世界里所闻的号啕的哭声，只有细弱的呻吟，吞声的呜咽，幽默的冷笑和愤慨的沉默。这里面没有像孩子世界中所见的不屈不挠的大丈夫气，却充满了顺从、屈服、消沉、悲哀和诈伪、险恶、卑怯的状态。我看到这种状态，又同昔日带了一沓书和一包食物回家，而在弄堂门口看见我妻提携了瞻瞻和阿宝等候着那时一样，自己立刻化身为二人。其一人做了这社会里的一分子，体验着现实生活的辛味；另一人远远地站出来，从旁观察这些状态，看到了可惊可喜可悲可哂的种种世间相。然而这情形和昔日不同：昔日的儿童生活相能"占据"我的心，能使我归顺他们；现在的世间相却只是常来"袭击"我这空虚寂寥的心而不能占据，使我归顺。因此我的生活的册子中，至今还是继续着空白的页，不知道下文是什么。也许空白到底，亦未可知啊。

一九三五年二月四日

实行的悲哀

寒假中，诸儿齐集缘缘堂，任情游戏，笑语喧阗。堂前好像每日做喜庆事。有一儿玩得疲倦，欹藤床少息，随手翻检床边柱上日历，愀然改容叫道："寒假只有一星期了！假期作业还未动手呢！"游戏的热度忽然为之降低。另一儿接着说："我看还是未放假时快乐，一放假就觉得不过如此，现在反觉得比未放时不快了。"这话引起了许多人的同情。

我虽不是学生，并不参与他们的假期游戏，但也是这话的同情者之一。我觉得在人的心理上，预想往往比实行快乐。西人有"胜利的悲哀"之说。我想模仿他们，说"实行的悲哀"，由预想进于实行，由希望变为成功，原是人生事业展进的正道。但在人心的深处，奇妙地存在着这种悲哀。

现在就从学生生活着想，先举星期日为例。凡做过学生的人，谁都能首肯，星期六比星期日更快乐。星期六的快乐的原因，原是有星期日在后头；但是星期日的快乐的滋味，却不在其本身，而集中于星期六。星期六午膳后，课业未了，全校已充满着一种弛缓的空气。有的人预先做归家的准备；有的人趁早做出游的计划！更有性急的人，已把包裹洋伞整理在一起，预备退课后一拿就走了。最后一课毕，退出教室的时候，欢乐的空气更加浓重了。有的唱着歌出来，有的笑谈着出来，年幼的跳舞着出来。先生们为环境所感，在这些时候大都暂把校规放宽，对于这等骚乱伴作不见不闻。其实他们也是真心地爱好这种弛缓的空气的。星期六晚上，学校中的空气达到了弛缓的极度。这晚上不必自修，也不被严格地监督。学生可以三三五五，各行其游息之乐。出校夜游一会也不妨，买些茶点回到寝室里吃也不妨，迟一点儿睡觉也不妨。这一黄昏，可说是星期日的快乐的最中了。过了这最中，弛缓的空气便开始紧张起来。因为到了星期日早晨，昨天所盼望的佳期已实际地达到，人心中已开始生出那种"实行的悲哀"来了。这一天，或者天气不好，或者人事不巧，昨日所预定的游约没有畅快地遂行，于是感到一番失望。即使天气好，人事巧，到了兴尽归校的时候，也不免尝到一种接近于"乐尽哀来"的滋味。明日的课业渐渐地挂上了心头，先生的脸孔隐约地出现在脑际，一朵无形的黑云，压迫在各人的头上了。而在游乐之后重新开始修业，犹似重新挑起曾经放下的担子来走路，起初觉得分量格外重些。于是不免懊恨起来，觉得还是没有这星期日好，原来星期日之乐是决不在星期日的。

其次，毕业也是"实行的悲哀"之一例。学生入学，当然是希望毕业的。照事理而论，毕业应是学生最快乐的时候。但人的心情却不然：毕业的快乐，常在于未毕业之时；一毕业，快乐便消失，有时反而来了悲哀。只有将毕业而未毕业的时候，学生才能真正地，浓烈地尝到毕业的快乐的滋味。修业期只有几个月了，在校中是最高级的学生了，在先生眼中是出山的了，在同学面前是老前辈了。这真是学生生活中最光荣的时期。加之毕业后的新世界的希望，"云路""鹏程"等词所暗示的幸福，隐约地出现在脑际，无限地展开在预想中。这时候的学生，个个是前程远大的新青年，个个是有作有为的好国民。不但在学生生活中，恐怕在人生中，这也是最光荣的时期了。然而果真毕了业怎样呢？告辞良师，握别益友，离去母校，先受了一番感伤且不去说它。出校之后，有的升学未遂，有的就职无着。即使升了学，就了职，这些新世界中自有种种困难与苦痛，往往与未毕业时所预想者全然不符。在这时候，他们常常要羡慕过去，回想在校时何等自由，何等幸福，巴不得永远做未毕业的学生了。原来毕业之乐是决不在毕业上的。

进一步看,爱的欢乐也是如此。男子欲娶未娶,女子欲嫁未嫁的时候,其所感受的欢喜最为纯粹而十全。到了实行娶嫁之后,前此之乐往往消减,有时反而来了不幸。西人言"结婚是恋爱的坟墓",恐怕就是这"实行的悲哀"所使然的吧?富贵之乐也是如此。欲富而刻苦积金,欲贵而努力钻营的时候,是其人生活兴味最浓的时期。到了既富既贵之后,若其人的人性未曾完全丧尽,有时会感懊丧,觉得富贵不如贫贱乐了。《红楼梦》里的贾政拜相,元春为贵妃,也算是极人间荣华富贵之乐了。但我读了大观园省亲时元妃隔帘对贾政说的一番话,觉得人生悲哀之深,无过于此了。

　　人事万端,无从一一细说。忽忆从前游西湖时的一件小事,可以旁证一切。前年早秋,有一个风清日丽的下午,我与两位友人从湖滨泛舟,向白堤方面荡漾而进。俯仰顾盼,水天如镜,风景如画,为之心旷神怡。行近白堤,远远望见平湖秋月突出湖中,几与湖水相平。旁边围着玲珑的栏杆,上面覆着参差的杨柳。杨柳在日光中映成金色,清风摇摆它们的垂条,时时拂着树下游人的头。游人三三两两,分列在树下的茶桌旁,有相对言笑者,有凭栏共眺者,有翘首遐观者,意甚自得。我们从船中望去,觉得这些人尽是画中人,这地方正是仙源。我们原定绕湖兜一圈子的,但看见了这般光景,大家眼热起来,痴心欲身入这仙源中去做画中人了。

就命舟人靠平湖秋月停泊，登岸选择座位。以前翘首遐观的那个人就跟过来，垂手侍立在侧，叩问："先生，红的？绿的？"我们命他泡三杯绿茶。其人受命而去。不久茶来，一只苍蝇浮死在茶杯中，先给我们一个不快。邻座相对言笑的人大谈麻雀经，又给我们一种啰唣。凭栏共眺的一男一女鬼鬼祟祟，又使我们感到肉麻。最后金色的垂柳上落下几个毛虫来，就把我们赶走。匆匆下船回湖滨，连绕湖兜圈子的兴趣也消失了。在归舟中相与谈论，大家认为风景只宜远看，不宜身入其中。现在回想，世事都同风景一样。世事之乐不在于实行而在于希望，犹似风景之美不在其中而在其外。身入其中，不但美即消失，还要生受苍蝇、毛虫、啰唣，与肉麻的不快。世间苦的根本就在于此。

一九三六年

幸福儿童

邻家的小朋友黄昏到我家来玩,看见了我总说:"公公讲故事!"公公肚里的故事讲完了,只得回忆过去,把旧时的见闻讲给他们听,聊以塞责。有一晚,讲新中国成立前黑暗社会里的儿童的不幸,我说:"我们现在所住的地方,从前是外国人管的,叫作法租界。住在这里的外国人很凶,中国人很苦。我有一个朋友,家住在这里。他出门到远地方去了,家里只剩一个妈妈和两个孩子,一个男的八岁,一个女的六岁。有一次,这两个孩子饿了三天,没有吃饭!"小朋友睁大了眼睛问:"为什么?为什么?"我继续讲:"那一天早上,两个孩子还没有起来,妈妈提了篮出门去买米。有一个外国小孩在路上跌了一跤,外国小孩的妈妈看见她走在小孩旁边,就硬说是她把他推倒的,拉住了她,喊起巡捕来。那巡捕见外国人怕,见中国人欺侮,就把这妈妈拉到巡捕房里,把她关进牢监里,关了三天。两个孩子在家里等妈妈回来烧早饭吃,等了一天不回来,等了两天不回来;等到第三天晚上,妈妈才哭着回来,一看,两个孩子躺在地板上,一动也不动,快饿死了,因为三天没有吃饭了。"小朋友大家提出质问。有一个说:"他们为什么不到隔壁人家去吃饭呢?"我说:"那时候隔壁人家是不来往的,死了人也不管。"另一个问:"他们为什么不到食堂里去吃饭呢?"我说:"那时候没有食堂,要吃饭只有自家烧。"第三个小朋友问:"那么他们为什么不到你家去吃饭呢?"我说:"我家住的地方很远,正像小冰家到这里一样远,两个孩子自己怎么会去呢?"——小冰者,就是我外孙,他的弟弟叫毛头,那时两人都不满十岁,星期天常常自己乘电车到我家来玩,和邻家的小朋友很要好的。——这小朋友就反驳:"那么,小冰和毛头为什么自己会来?"我说:"那时候上海坏人多,小孩子独自出门要被人欺侮,或者被人拐去,不像现在那样……"我说到这里,心中赫然地显出一幅新旧社会明暗对比图,就不期地拍着这几个小朋友的肩膀说:"你们真是幸福儿童啊!"

在现今的新社会里,儿童真幸福呢!就像今晚,里弄里的儿童到我家来玩,要公公讲故事,这种情况恐怕也是住过旧上海的人所不能想象的吧。在从前,上海地方五方杂处,良莠不齐。邻人一概不认识。即使一家住在楼上,一家住在楼下,也绝不往来,绝不招呼。所以居民一有缓急,除非有亲戚朋友来支援,邻人是死活不管的。现在呢,这个中国最大的都市里,不止五方杂处,然而人们都互相亲善了。里弄居民守望相助,痛痒相关。所谓"远亲不及近邻"这句古话,在黑暗的旧社会里一时失却了意义,在光明的新社会里重新恢复其真理了。

里弄有食堂可以供居民吃饭,这也是新社会居民的新幸福之一。在从前,各家必须各自买菜、生火、煮饭。即使一家只有一两个人,也得另起炉灶。即使十分繁忙,也得自己造饭。现在各里弄都有了食堂。居民如果有空,或者欢喜自己弄点小菜吃吃,就在自己家里做饭;如果人少或很忙,没有工夫买菜、生火、煮饭、洗碗,那么就可到食堂里去吃。这真是价廉物美、童叟无欺的。因为食堂是居民自己办的,没有人从中剥削。如果母亲不回来,孩子可以自由地到食堂吃饭。食堂里的服务员就是邻人,都认识孩子们,就像母亲一样照顾孩子们。所以我邻家的小朋友们都不相信我那朋友家的两个孩子饿了三天。

新上海的电车、汽车的司机和售票员,和旧上海的大大地不同了。他们都照顾乘客,尤其是老人和小孩。像我这样的老人,无论电车怎样拥挤,一上车就有人让座位。我的外孙小冰和毛头，住在虹口四平路，离开我家十多里路，来时要转两次或三次电车。然而小冰八九岁上就独自乘电车来望外公外婆。有时吃了夜饭，玩了一会，到八九点钟才回家。然而一向平安无事。因为司机、售票员和乘客都照顾小孩，他们就同跟着父母出门一样。有一个星期天早晨，他的七岁的弟弟毛头忽然一个人来了。我吃惊地问："你一个人会来的？"他说："哥哥有事，我一个人来了。"我问："你会上电车的？"他说："有一次人多，上车是一个解放军叔叔抱我上去的；下车是售票员抱我下来的。"

这种社会状况我现在已经看惯，不足为奇了。那天晚上被邻家的几个小朋友一问，我才深切地感到新旧社会的明暗之别，和新旧时代儿童的幸不幸之差，就在儿童节上写这篇随笔，告诉侨居海外的家长和儿童。

一九六一年

蜜蜂

正在写稿的时候,耳朵近旁觉得有"嗡嗡"之声,间以"得得"之声。因为文思正畅快,只管看着笔底下,无暇抬头来探究这是什么声音。然而"嗡嗡""得得",也只管在我耳旁继续作声,不稍间断。过了几分钟之后,它们已把我的耳鼓刺得麻木,在我似觉这是写稿时耳旁应有的声音,或者一种天籁,无须去探究了。

等到文章告一段落,我放下自来水笔,照例伸手向罐中取香烟的时候,我才举头看见这"嗡嗡""得得"之声的来源。原来有一只蜜蜂,向我案旁的玻璃窗上求出路,正在那里乱撞乱叫。

我以前只管自己的工作,不起来为它谋出路,任它乱撞乱叫到这许久时光,心中觉得有些抱歉。然而已经挨到现在,况且一时我也想不出怎样可以使它攒得出去的方法,也就再停一会儿,等到点着了香烟再说。

我一边点香烟,一边旁观它的乱撞乱叫。我看它每一次攒,先飞到离玻璃一两寸的地方,然后直冲过去,把它的小头在玻璃上"得得"地撞两下,然后沿着玻璃"嗡嗡"地向四处飞鸣。其意思是想在那里找一个出身的洞。也许不是找洞,为的是玻璃上很光滑,使它立脚不住,只得向四处乱舞。乱舞了一回之后,大概它悟到了此路不通,于是再飞开来,飞到离玻璃一两寸的地方,重整旗鼓,向玻璃的另一处地方直撞过去。因此"嗡嗡""得得",一直继续到现在。

我看了这模样觉得非常可怜。求生活真不容易,只做一只小小的蜜蜂,为了生活也须碰到这许多钉子。我诅咒那玻璃,它一面使它清楚地看见窗外花台里含着许多蜜汁的花,以及天空中自由翱翔的同类,一面又周密地拦阻它,永远使它可望而不可即。这真是何等恶毒的东西!

因了诅咒玻璃,我又羡慕起物质文明未兴时的幼年生活的诗趣来。我家祖母年年养蚕。每当蚕宝宝上山的时候,堂前装纸窗以防风。为了一双燕子常要出入,特地在纸窗上开一个碗来大的洞,当作燕子的门,那双燕子似乎通人意的,来去时自会把翼稍稍敛住,穿过这洞。这般情景,现在回想了使我何等憧憬?假如我案旁的窗不用玻璃而换了从前的纸窗,我们这蜜蜂总可攒得出去。即使撞两下,也是软软地,没有什么苦痛。求生活在从前容易得多,不但人类社会如此,连虫类社会也如此。

我点着了香烟之后就开始为它谋出路。但这是一件很不容易的事。叫它不要在这里钻,应该回头来从门里出去,它听不懂我的话。用手硬把它捉住了到门外去放,它一定误会我要害它,会用螯反害我,使我的手肿痛得不能工作。除非给他开窗;但是这扇窗不容易开,窗外堆叠着许多笨重的东西,须得先把这些东西除去,方可开窗。这些笨重的东西不是我一人之力所能除去的。

于是我起身来请同室的人帮忙,大家合力除去窗外的笨重的东西,好把窗开开,让我们这蜜蜂得到出路。但是同室的人大家不肯,他们说:"我们做工都很疲倦了,哪有余力去搬重物而救蜜蜂呢?"

忽然门里走进一个人来和我说话。为了不能避免的事,我立刻被他拉了一同出门去,就把蜜蜂的事忘却了。等到我回来的时候,这蜜蜂已不见。不知道是飞去了,被救了,还是撞杀了。

一九三五年三月七日于杭州

忆儿时

一

我回忆儿时,有三件不能忘却的事。

第一件是养蚕。那是我五六岁时,我的祖母在日的事。我的祖母是一个豪爽而善于享乐的人,良辰佳节不肯轻轻放过。养蚕也每年大规模地举行。其实,我长大后才晓得,祖母的养蚕并非专为图利,叶贵的年头常要蚀本,然而她喜欢这暮春的点缀,故每年大规模地举行。我所喜欢的是,最初是蚕落地铺。那时我们的三开间的厅上、地上统是蚕,架着经纬的跳板,以便通行及饲叶。蒋五伯挑了担到地里去采叶,我与诸姐跟了去,去吃桑葚。蚕落地铺的时候,桑葚已很紫很甜了,比杨梅好吃得多。我们吃饭之后,又用一张大叶做一只碗,采了一碗桑葚,跟了蒋五伯回来。蒋五伯饲蚕,我就以走跳板为戏乐，常常失足翻落地铺里，压死许多蚕宝宝，祖母忙喊蒋五伯抱我起来，不许我再走。然而这满屋的跳板，像棋盘街一样，又很低，走起来一点也不怕，真有乐趣。这真是一年一度的难得的乐事！所以虽然祖母禁止，我总是每天要去走。

蚕上山之后，全家静默守护，那时不许小孩子们吵了，我暂时感到沉闷。然而过了几天，采茧，做丝，热闹的空气又浓起来。我们每年照例请牛桥头七娘娘来做丝。蒋五伯每天买枇杷和软糕来给采茧、做丝、烧火的人吃。大家认为现在是辛苦而有希望的时候，应该享受这点心，都不客气地取食，我也无功受禄地天天吃多量的枇杷与软糕，又是乐事。

七娘娘做丝休息的时候，捧了水烟筒，伸出她左手上的短少半段的小指给我看，对我说："做丝的时候，丝车后面，是万万不可走近去的。"她的小指，便是小时候不留心被丝车轴棒轧脱的。她又说："小囡囡不可走近丝车后面去，只管坐在我身旁，吃枇杷，吃软糕。还有做丝做出来的蚕蛹，叫妈妈油炒一炒，真好吃哩！"然而我始终不要吃蚕蛹，大概是我爸爸和诸姐都不吃的缘故。我所乐的，只是那时候家里的非常的空气。日常固定不动的堂窗、长台、八仙椅子，都收拾去，而变成不常见的丝车、匾、缸。又不断地公然地可以吃小食。

丝做好后，蒋五伯口中唱着"要吃枇杷，来年蚕罢"，收拾丝车，恢复一切陈设。我感到一种兴尽的寂寥。然而对于这种变换，倒也觉得新奇而有趣。

现在我回忆这儿时的事，常常使我神往！祖母、蒋五伯、七娘娘和诸姐都像童话里、戏剧里的人物了。且在我看来，他们当时这剧的主人公便是我。何等甜美的回忆！只是这剧的题材，现在我仔细想想觉得不好：养蚕做丝，在生计上原是幸福的，然其本身是数万的生灵的杀虐！《西青散记》里面有两句仙人的诗句："自织藕丝衫子嫩，可怜辛苦赦春蚕。"安得人间也发明织藕丝的丝车，而尽赦天下的春蚕的性命！

我七岁上祖母死了，我家不复养蚕。不久父亲与诸姐弟相继死亡，家道衰落了，我的幸福的儿时也过去了。因此这回忆一面使我永远神往，一面又使我永远忏悔。

二

第二件不能忘却的事，是父亲的中秋赏月，而赏月之乐的中心，在于吃蟹。

我的父亲中了举人之后，科举就废，他无事在家，每天吃酒、看书。他不要吃羊、牛、猪肉，而喜欢吃鱼、虾之类。而对于蟹，尤其喜欢。自七八月起直到冬天，父亲平日的晚酌规定吃一只蟹，一碗隔壁豆腐店里买来的开锅热豆腐干。他的晚酌，时间总在黄昏。八仙桌上一盏洋油灯，一把紫砂酒壶，一只盛热豆腐干的碎瓷盖碗，一把水烟筒，一本书，桌子角上一只端坐的老猫，我脑中这印象非常深刻，到现在还可以清楚地浮现出来，我在旁边看，有时他给我一只蟹脚或半块豆腐干。然我喜欢蟹脚。蟹的味道真好，我们五个姊妹兄弟，都喜欢吃，也是父亲喜欢吃的缘故。只有母亲与我们相反，喜欢吃肉，而不喜欢又不会吃蟹，吃的时候常常被蟹螯上的刺刺开手指，出血；而且抉剔得很不干净。父亲常常说她是外行。父亲说："吃蟹是风雅的事，吃法也要内行才懂得。先折蟹脚，后开蟹斗……脚上的拳头（即关节）里的肉怎样可以吃干净，脐里的肉怎样可以剔出……脚爪可以当作剔肉的针……蟹螯上的骨头可以拼成一只很好看的蝴蝶……"父亲吃蟹真是内行，吃得非常干净。所以陈妈妈说："老爷吃下来的蟹壳，真是蟹壳。"

蟹的储藏所，就在开井角落里的缸里，经常总养着十来只。到了七夕、七月半、中秋、重阳等节候上，缸里的蟹就满了，那时我们都有得吃，而且每人得吃一大只，或一只半。尤其是中秋一天，兴致更浓。在深黄昏，移桌子到隔壁的白场上的月光下面去吃。更深人静，明月底下只有我们一家的人，恰好围成一桌，此外只有一个供差使的红英坐在旁边。大家谈笑，看月亮，他们——父亲和诸姐——直到月落明光，我则半途睡去，与父亲和诸姐不分而散。

这原是为了父亲嗜蟹,以吃蟹为中心而举行的。故这种夜宴,不仅限于中秋,有蟹的季节里的月夜,无端也要举行数次。不过不是良辰佳节,我们少吃一点。有时两人分吃一只。我们都学父亲,剥得很精细,剥出来的肉不是立刻吃的,都积受在蟹斗里,剥完之后,放一点姜醋,拌一拌,就作为下饭的菜,此外没有别的菜了。因为父亲吃菜是很省的,而且他说蟹是至味,吃蟹时混吃别的菜肴,是乏味的。我们也学他,半蟹斗的蟹肉,过两碗饭还有余,就可得父亲的称赞,又可以白口吃下余多的蟹肉,所以大家都勉力节省。现在回想那时候,半条蟹腿肉要过两大口饭,这滋味真好!自父亲死了以后,我不曾再尝这种好滋味。现在,我已经自己做父亲,况且已经茹素,当然永远不会再尝这滋味了。唉!儿时欢乐,何等使我神往!

然而这一剧的题材,仍是生灵的杀虐!因此这回忆一面使我永远神往,一面又使我永远忏悔。

三

第三件不能忘却的事,是与隔壁豆腐店里的王囡囡的交游,而这交游的中心,在于钓鱼。

那是我十二三岁时的事,隔壁豆腐店里的王囡囡是当时我的小伴侣中的大阿哥。他是独子,他的母亲、祖母和大伯,都很疼爱他,给他许多的钱和玩具,而且每天放任他在外游玩。他家与我家贴邻而居。我家的人们每天赴市,必须经过他家的豆腐店的门口,两家的人们朝夕相见,互相来往。小孩们也朝夕相见,互相来往。此外他家对于我家似乎还有一种邻人以上的深切的交谊,故他家的人对于我特别要好,他的祖母常常拿自产的豆腐干、豆腐衣等来送给我父亲下酒。同时在小伴侣中,王囡囡也特别和我要好。他的年纪比我大,气力比我好,生活比我丰富,我们一道游玩的时候,他时时引导我,照顾我,犹似长兄对于幼弟。我们有时就在我家的染坊店里的榻上玩耍,有时相偕出游。他的祖母每次看见我俩一同玩耍,必叮嘱囡囡好好看待我,勿要相骂。我听人说,他家似乎曾经患难,而我父亲曾经帮他们忙,所以他家大人们吩咐王囡囡照应我。

我起初不会钓鱼,是王囡囡教我的。他叫大伯买两副钓竿,一副送我,一副他自己用。他到米桶里去捉许多米虫,浸在盛水的罐头里,领了我到木场桥去钓鱼。他教给我看,先捉起一个米虫来,把钓钩从虫尾穿进,直穿到头部。然后放下水去。他又说:"浮珠一动,你要立刻拉,那么钩子钩住鱼的颚,鱼就逃不脱。"我照他所教的试验,果然第一天钓了十几头白条,然而都是他帮我拉钓竿的。

第二天，他手里拿了半罐头扑杀的苍蝇，又来约我去钓鱼。途中他对我说："不一定是米虫，用苍蝇钓鱼更好。鱼喜欢吃苍蝇！"这一天我们钓了一小桶各种的鱼。回家的时候，他把鱼桶送到我家里，说他不要。我母亲就叫红英去煎一煎，给我下晚饭。

自此以后，我只管喜欢钓鱼。不一定要王囡囡陪去，自己一人也去钓，又学得了掘蚯蚓来钓鱼的方法。而且钓来的鱼，不仅够自己下晚饭，还可送给店里的人吃，或给猫吃。我记得这时候我的热心钓鱼，不仅出于游戏欲，又有几分功利的兴味在内。有三四个夏季，我热心于钓鱼，给母亲省了不少的菜蔬钱。

后来我长大了，赴他乡入学，不复有钓鱼的工夫。但在书中常常读到赞咏钓鱼的文句，例如什么"独钓寒江雪"，什么"渔樵度此身"，才知道钓鱼原来是很风雅的事。后来又晓得所谓"游钓之地"的美名称，是形容人的故乡的。我大受其煽惑，为之大发牢骚：我想"钓鱼确是雅的，我的故乡，确是我的游钓之地，确是可怀的故乡"。但是现在想想，不幸而这题材也是生灵的杀虐！

我的黄金时代很短，可怀念的又只有这三件事。不幸而都是杀生取乐，都使我永远忏悔。

一九二七年梅雨时节

梦痕

我的左额上有一条同眉毛一般长短的疤。这是我儿时游戏中在门槛上跌破了头颅而结成的。相面先生说这是破相,这是缺陷。但我自己美其名曰"梦痕"。因为这是我的梦一般的儿童时代所遗留下来的唯一的痕迹。由这痕迹可以探寻我的儿童时代的美丽的梦。

我四五岁时,有一天,我家为了"打送"(吾乡风俗,亲戚家的孩子第一次上门来做客,辞去时,主人家必做几盘包子送他,名曰"打送")某家的小客人,母亲、姑母、婶母和诸姊们都在做米粉包子。厅屋的中间放一只大匾,匾的中央放一只大盘,盘内盛着一大堆黏土一般的米粉和一大碗做馅用的甜甜的豆沙。母亲们大家围坐在匾的四周。各人卷起衣袖,向盘内摘取一块米粉来,捏作一只碗的形状;夹取一筷豆沙来藏在这碗内;然后把碗口收拢来,做成一个圆子;再用手法把圆子捏成三角形,扭出三条绞丝花纹的脊梁来;最后在脊梁凑合的中心点上打一个红色的"寿"字印子,包子便做成。一圈一圈地陈列在大匾内,样子很是好看。

大家一边做,一边兴高采烈地说笑。有时说谁的做得太小,谁的做得太大;有时盛称姑母的做得太玲珑,有时笑指母亲的做得像个饼。笑语之声,充满一堂。这是年中难得的全家欢笑的日子。而在我,做孩子们的,在这种日子更有无上的欢乐;在准备做包子时,我得先吃一碗甜甜的豆沙。做的时候,我只要噪闹一下子,母亲们会另做一只小包子来给我当场就吃。新鲜的米粉和新鲜的豆沙,热热地做出来就吃,味道是再好不过的。我往往吃一只不够,再噪闹一下子就得吃第二只。倘然吃第二只还不够,我可嚷着要替她们打"寿"字印子。这印子是不容易打的:蘸的水太多了,打出来一塌糊涂,看不出"寿"字;蘸的水太少了,打出来又不清楚;况且位置要摆得正,歪了就难看;打坏了又不能揩抹涂改。

所以我嚷着要打印子,是母亲们所最怕的事。她们便会和我商量,把做圆子收口时摘下来的一小粒米粉给我,叫我"自己做来自己吃"。这正是我所盼望的主要目的!开了这个例之后,各人做圆子收口时摘下来的米粉,就都得照例归我所有。再不够时还得要求向大盘中扭一把米粉来,自由捏造各种黏土手工:捏一个人,团拢了,改捏一个狗;再团拢了,再改捏一支水烟管……捏到手上的龌龊都混入其中,而雪白的米粉变成了灰色的时候,我再向她们要一朵豆沙来,裹成各种三不像的东西,吃下肚子里去。这一天因为我噪得特别厉害些,姑母做了两只小巧玲珑的包子给我吃,母亲又外加摘一团米粉给我玩。

为求自由,我不在那场上吃弄,拿了到店堂里,和五哥哥一同玩弄。五哥哥者,后来我知道是我们店里的学徒,但在当时我只知道他是我儿时的最亲爱的伴侣。他的年纪比我长,智力比我高,胆量比我大,他常做出种种我所意想不到的玩意儿来,使得我惊奇。这一天我把包子和米粉拿出去同他共玩,他就寻出几个印泥菩萨的小型的红泥印子来,教我印米粉菩萨。

后来我们争执起来,他拿了他的米粉菩萨逃,我就拿了我的米粉菩萨追。追到排门旁边,我跌了一跤,额骨磕在排门槛上,磕了眼睛大小的一个洞,便晕迷不省。等到知觉的时候,我已被抱在母亲手里,外科郎中蔡德本先生,正在用布条向我的头上重重叠叠地包裹。

自从我跌伤以后,五哥哥每天趁店里空闲的时候到楼上来省问我。来时必然偷偷地从衣袖里摸出些我所爱玩的东西来——例如关在自来火匣子里的几只叩头虫,洋皮纸人头,老菱壳做成的小脚,顺治铜钿磨成的小刀等——送给我玩,直到我额上结成这个疤。

讲起我额上的疤的来由,我的回想中印象最清楚的人物,莫如五哥哥。而五哥哥的种种可惊可喜的行状,与我的儿童时代的欢乐,也便跟了这回想而历历地浮出到眼前来。

他的行为的顽皮,我现在想起了还觉吃惊。但这种行为对于当时的我,有莫大的吸引力,使我时时刻刻追随他,自愿地做他的从者。他用手捉住一条大蜈蚣,摘去了它的有毒的钩爪,而藏在衣袖里,走到各处,随时拿出来吓人。我跟了他走,欣赏他的把戏。他有时偷偷地把这条蜈蚣放在别人的瓜皮帽子上,让它沿着那人的额骨爬下去,吓得那人直跳起来。有时怀着这条蜈蚣去登坑,等候邻席的登坑者正在拉粪的时候,把蜈蚣丢在他的裤子上,使得那人扭着裤子乱跳,累了满身的粪。又有时当众人面前他偷把这条蜈蚣放在自己的额上,假装被咬的样子而号啕大哭起来,使得满座的人惊慌失措,七手八脚地为他营救。正在危急存亡的时候,他伸起手来收拾了这条蜈蚣,忽然破涕为笑,一缕烟逃走了。

后来这套戏法渐渐做穿,有的人警告他说,若是再拿出蜈蚣来,要打头颈拳了。于是他换出别种花头来:他躲在门口,等候警告打头颈拳的人将走出门,突然大叫一声,倒身在门槛边的地上,乱滚乱撞,哭着嚷着,说是践踏了一条臂膀粗的大蛇,但蛇是已经攒进榻底下去了。走出门来的人被他这一吓,实在魂飞魄散;但见他的受难比他更深,也无可奈何他,只怪自己的运气不好。他看见一群人蹲在岸边钓鱼,便参加进去,和蹲着的人闲谈。同时偷偷地把其中相接近的两人的辫子梢头结住了,自己就走开,躲到远处去作壁上观。被结住的两人中若有一人起身欲去,滑稽剧就演出来给他看了。诸如此类的恶戏,不胜枚举。

现在回想他这种玩耍,实在近于为虐的戏谑。但当时他热心地创作,而热心地欣赏的孩子,也不止我一个。世间的严正的教育者,请稍稍原谅他的顽皮!我们的儿时,在私塾里偷偷地玩了一个折纸手工,是要遭先生用铜笔套管在额骨上猛钉几下,外加在至圣先师孔子之神位面前跪一支香的!

况且我们的五哥哥也曾用他的智力和技术来发明种种富有趣味的玩意,我现在想起了还可以神往。暮春的时候,他领我到田野去偷新蚕豆。把嫩的生吃了,而用老的来做"蚕豆水龙"。其做法,用煤头纸火把老蚕豆荚熏得半熟,剪去其下端,用手一捏,荚里的两粒豆就从下端滑出,再将荚的顶端稍稍剪去一点,使成一个小孔。然后把豆荚放在水里,待它装满了水,以一手的指捏住其下端而取出来,再以另一手的指用力压榨豆荚,一条细长的水带便从豆荚的顶端的小孔内射出。制法精巧的，射水可达一二丈之远。

他又教我"豆梗笛"的做法：摘取豌豆的嫩梗长寸许，以一端塞入口中轻轻咬嚼，吹时便发嗒嗒之音。再摘取蚕豆梗的下段，长四五寸，用指爪在梗上均匀地开几个洞，做成豆的样子。然后把豌豆梗插入这笛的一端，用两手的指随意启闭各洞而吹奏起来，其音宛如无腔之短笛。他又教我用洋蜡烛的油做种种的浇造和塑造。用芋艿或番薯镌刻种种的印版，大类现今的木版画。……诸如此类的玩意，亦复不胜枚举。

现在我对这些儿时的乐事久已缘远了。但在说起我额上的疤的来由时，还能热烈地回忆神情活跃的五哥哥和这种兴致蓬勃的玩意儿。谁言我左额上的疤痕是缺陷？这是我的儿时欢乐的佐证，我的黄金时代的遗迹。过去的事，一切都同梦幻一般地消灭，没有痕迹留存了。只有这个疤，好像是"脊杖二十，刺配军州"时打在脸上的金印，永久地明显地录着过去的事实，一说起就可使我历历地回忆前尘。仿佛我是在儿童世界的本贯地方犯了罪，被刺配到这成人社会的"远恶军州"来的。这无期的流刑虽然使我永无还乡之望，但凭这脸上的金印，还可回溯往昔，追寻故乡的美丽的梦啊！

一九三四年六月七日

五

美与同情

蝌蚪

一

每度放笔,凭在楼窗上小憩的时候,望下去看见庭中的花台的边上,许多花盆的旁边,并放着一只印着蓝色图案模样的洋瓷面盆。我起初看见的时候,以为是洗衣物的人偶然寄存着的。在灰色而简素的花台的边上,许多形式朴陋的瓦质的花盆的旁边,配置一个机械制造而施着近代风图案的精巧的洋瓷面盆,绘画地看来,很不调和,假如眼底展开着的是一张画纸,我颇想找块橡皮来揩去它。

一天,二天,三天,洋瓷面盆尽管放在花台的边上。这表示不是它偶然寄存,而负着一种使命。晚间凭窗欲眺的时候,看见放学出来的孩子们聚在墙下拍皮球。我欲知道洋瓷面盆的意义,便提出来问他们。才知道这面盆里养着蝌蚪,是春假中他们向田里捉来的。我久不来庭中细看，全然没有知道我家新近养着这些小动物；又因面盆中那些蓝色的图案，细碎而繁多，蝌蚪混迹于其间，我从楼窗上望下去，全然看不出来。蝌蚪是我儿时爱玩的东西，又是学童时代在教科书里最感兴味的东西，说起来可以牵惹种种的回想，我便专诚下楼来看它们。

洋瓷面盆里盛着大半盆清水，瓜子大小的蝌蚪十数个，抖着尾巴，急急忙忙地游来游去，好像在找寻什么东西。孩子们看见我来欣赏他们的作品，大家围集拢来，得意地把关于这作品的种种话告诉我：

"这是从大井头的田里捉来的。"

"是清明那一天捉来的。"

"我们用手捧了来的。"

"我们天天换清水的呀。"

"这好像黑色的金鱼。"

"这比金鱼更可爱！"

"他们为什么不绝地游来游去？"

"他们为什么还不变青蛙？"他们的疑问把我提醒，我看见眼前这盆玲珑活泼的小动物，忽然变成一种苦闷的象征。

我见这洋瓷面盆仿佛是蝌蚪的沙漠。它们不绝地游来游去,是为了找寻食物。它们的久不变成青蛙,是为了不得其生活之所。这几天晚上,附近田里蛙鼓的合奏之声,早已传达到我的床里了。这些蝌蚪倘有耳,一定也会听见它们的同类的歌声。听到了一定悲伤,每晚在这洋瓷面盆里哭泣,亦未可知!它们身上有着泥土水草一般的保护色,它们只合在有滋润的泥土,丰肥的青苔的水田里生活滋长。在那里有它们的营养物,有它们的安息所,有它们的游乐处,还有它们的大群的伴侣。现在被这些孩子们捉了来,关在这洋瓷面盆里,四周围着坚硬的洋铁,全身浸着淡薄的白水,所接触的不是同命运的受难者,便是冷酷的珐琅质。任凭它们镇日急急忙忙地游来游去,终于找不到一种保护它们,慰安它们,生息它们的东西。这在它们是一片渡不尽的大沙漠。它们将以幼虫之身,默默地夭死在这洋瓷面盆里,没有成长变化,而在青草池塘中唱歌跳舞的欢乐的希望了。

这是苦闷的象征,这是象征着某种生活之下的人的灵魂!

二

我劝告孩子们:"你们只管把蝌蚪养在洋瓷面盆中的清水里,它们不得充分的养料和成长的地方,永远不能变成青蛙,将来统统饿死在这洋瓷面盆里!你们不要当它们金鱼看待！金鱼原是鱼类，可以一辈子长在水里；蝌蚪是两栖类动物的幼虫，它们盼望长大，长大了要上陆，不能长居水里。你看它们急急忙忙地游来游去，找寻食物和泥土，无论如何也找不到，样子多么可怜！"

孩子们被我这话感动了，颦蹙地向洋瓷面盆里看。有几人便问我："那么，怎么好呢？"

我说："最好是送它们回家——拿去倒在田里。过几天你们去探访，它们都已变成青蛙，'哥哥，哥哥'地叫你们了。"

孩子们都欢喜赞成，就有两人抬着洋瓷面盆，立刻要送它们回家。

我说："天将晚了，我们再留它们一夜明天送回去吧。现在走到花台里拿些它们所欢喜的泥来，放在面盆里，可以让它们吃吃，玩玩。也可让它们知道，我们不再虐待它们，我们先当作客人款待它们一下，明天就护送它们回家。"

孩子们立刻去捧泥，纷纷地把泥投进面盆里去。有的人叫着："轻轻地，轻轻地！看压伤了它们！"

不久，洋瓷面盆底里的蓝色的图案都被泥土遮掩。那些蝌蚪统统钻进泥里，一只也看不见了。一个孩子寻了好久，锁着眉头说："不要都压死了？"便伸手到水里拿开一块泥来看。但见四个蝌蚪密集在面盆底上的泥的凹洞里，四个头凑在一起，尾巴向外放射，好像在那里共食什么东西，或者共谈什么话。忽然一个蝌蚪摇动尾巴，急急忙忙地游了开去。游到别的一个泥洞里去一转，带了别的一个蝌蚪出来，回到原处。五个蝌蚪聚在一起，五根尾巴一齐抖动起来，成为五条放射形的曲线，样子非常美丽。孩子们呀呀地叫将起来。我也暂时忘记了自己的年龄，附和着他们的声音呀呀地叫了几声。

随后就有几人异口同声地要求："我们不要送它们回家，我们要养在这里！"我在当时的感情上也有这样的要求；但觉左右为难，一时没有话回答他们，踌躇地微笑着。一个孩子恍然大悟地叫道："好！我们在墙角里掘一个小池塘倒满了水同田里一样，就把它们养在那里。它们大起来变成青蛙，就在墙角里的地上跳来跳去。"大家拍手说："好！"我也附和着说："好！"大的孩子立刻找到种花用的小锄头，向墙角的泥地上去垦。不久，垦成了面盆大的一个池塘。大家说："够大了，够大了！""拿水来，拿水来！"就有两个孩子扛开水缸的盖，用浇花壶提了一壶水来，倾在新开的小池塘里。起初水满满的，后来被泥土吸收，渐渐地浅起来。大家说："水不够，水不够。"小的孩子要再去提水，大的孩子说："不必了，不必了，我们只要把洋瓷面盆里的水连泥和蝌蚪倒进塘里，就正好了。"大家赞成。蝌蚪的迁居就这样地完成了。

夜色朦胧，屋内已经上灯。许多孩子每人带了一双泥手，欢喜地回进屋里去，回头叫着："蝌蚪，再会！""蝌蚪，再会！""明天再来看你们！""明天再来看你们！"一个小的孩子接着说："它们明天也许变成青蛙了。"

三

洋瓷面盆里的蝌蚪，由孩子们给迁居在墙角里新开的池塘里了。孩子们满怀的希望，等候着它们变成青蛙。我便怅然地想起了前几天遗弃在上海的旅馆里的四只小蝌蚪。

今年的清明节，我在旅中度送。乡居太久了有些儿厌倦，想调节一下。就在这清明的时节，做了路上的行人。时值春假，一孩子便跟了我走。清明的次日，我们来到上海。十里洋场，我一看就生厌，还是到城隍庙里去坐坐茶店，买买零星玩意，倒有趣味。孩子在市场的一角看中了养在玻璃瓶里的蝌蚪，指着了要买。出十个铜板买了。后来我用拇指按住了瓶上的小孔，坐在黄包车里带它回旅馆去。回到旅馆，放在电灯底下的桌子上观赏这瓶蝌蚪，觉得很是别致：这真像一瓶金鱼，共有四只。颜色虽不及金鱼的漂亮，但是游泳的姿势比金鱼更为活泼可爱。当它们潜在瓶边上时，我们可以察知它们的实际的大小只及半粒瓜子。但当它们游到瓶中央时，玻璃瓶与水的凸镜的作用把它们的形体放大，变化参差地映入我们的眼中，样子很是好看。而在这都会的旅馆的楼上的五十支光电灯底下看这东西愈加觉得稀奇。这是春日田中很多的东西。要是在乡间，随你要多少，不妨用斗来量。但在这不见自然面影的都会里，不及半粒瓜子大的四只，便已可贵，要装在玻璃瓶内当作金鱼欣赏了，真有些儿可怜。而我们，原是常住在乡间田畔的人，在这清明节离去了乡间而到红尘万丈的中心的洋楼上来鉴赏玻璃瓶里的四只小蝌蚪，自己觉得可笑。这好比富翁舍弃了家里的酒池肉林而加入贫民队里来吃大饼油条；又好比帝王舍弃了上苑三千而到民间来钻穴窥墙。

一天晚上，我正在床上休息的时候，孩子在桌上玩弄这玻璃瓶，一个失手，把它打破了。水泛滥在桌子上，里面带着大大小小的玻璃碎片，蝌蚪躺在桌上的水痕中蠕动，好似涸辙之鱼，演成不可收拾的光景，归我来办善后。善后之法，第一要救命。我先拿一只茶杯，去茶房那里要些冷水来，把桌上的四个蝌蚪轻轻地掇进茶杯中，供在镜台上了。然后一一拾去玻璃的碎片，揩干桌子。约费了半小时的扰攘，好容易把善后办完了。去镜台上看看茶杯里的四只蝌蚪，身体都无恙，依然是不绝地游来游去，但形体好像小了些，似乎不是原来的蝌蚪了。以前养在玻璃瓶中的时候，因有凸镜的作用，其形状忽大忽小，变化百出，好看得多。现在倒在茶杯里一看，觉得就只是寻常乡间田里的四只蝌蚪，全不足观。都会真是枪花（枪花，江南一带方言，意即欺人之计）繁多的地方，寻常之物，一到都会里就了不起。这十里洋场的繁华世界，恐怕也全靠着玻璃瓶的凸镜的作用映成如此光怪陆离。一旦失手把玻璃瓶打破了，恐怕也只是寻常乡间田里的四只蝌蚪罢了。

过了几天，家里又有人来玩上海。我们的房间嫌小了，就改赁大房间。大人，孩子，加以茶房，七手八脚地把衣物搬迁。搬好之后立刻出去看上海。为经济时间计，一天到晚跑在外面，乘车，买物，访友，游玩，少有在旅馆里坐的时候，竟把小房间里镜台上的茶杯里的四只小蝌蚪完全忘却了；直到回家后数天，看到花台边上洋瓷面盆里的蝌蚪的时候，方然忆及。现在孩子们给洋瓷面盆里的蝌蚪迁居在墙角里新开的小池塘里，满怀的希望，等候着它们变成青蛙。我更怅然地想起了遗弃在上海的旅馆里的四只蝌蚪。不知它们的结果如何？

大约它们已被茶房妙生倒在痰盂里，枯死在垃圾桶里了？妙生欢喜金铃子，去年曾经想把两对金铃子养过冬，我每次到这旅馆时，他总拿出他的牛筋盒子来给我看，为我谈种种关于金铃子的话。也许他能把对金铃子的爱推移到这四只蝌蚪身上,代我们养着,现在世间还有这四只蝌蚪的小性命的存在,亦未可知。

然而我希望它们不存在。倘还存在,想起了越是可哀!它们不是金鱼,不愿住在玻璃瓶里供人观赏。它们指望着生长,发展,变成了青蛙而在大自然的怀中唱歌跳舞。它们所憧憬的故乡,是水草丰足,春泥粘润的田畴间,是映着天光云影的青草池塘。如今把它们关在这商业大都市的中央,石路的旁边,铁筋建筑的楼上,水门汀砌的房笼内,瓷制的小茶杯里,除了从自来水龙头上放出来的一勺之水以外,周围都是瓷、砖、石、铁、钢、玻璃、电线和煤烟,都是不适于它们的生活而足以致它们死命的东西。世间的凄凉、残酷和悲惨,无过于此。这是苦闷的象征,这象征着某种生活之下的人的灵魂。

假如有谁来报告我这四只蝌蚪的确还存在于那旅馆中,为了象征的意义,我准拟立刻动身,专赴那旅馆中去救它们出来,放乎青草池塘之中。

一九三四年四月廿二日

有情世界

阿因的爸爸坐在椅子里看书,忽然对着书笑起来,阿因料想,书里一定有好听的故事了,就放下泥娃娃,走到爸爸面前来问:

"爸爸笑什么?讲给我听!"

爸爸指着书,又指着阿因,说道:

"我笑的是他和你。你们两人一样。你替凳子的脚穿鞋子,同泥娃娃讨相骂,给枕头吃牛奶。这位宋朝的大词人辛弃疾,就同你一样,他同松树讲话,你看。"

说着,指着书上一段,读给阿因听:

"昨夜松边醉倒,问松我醉如何?只疑松动要来扶,以手推松曰去!"

又解给阿因听:"辛弃疾喝酒醉了,倒在松树旁边的草地上。他就问松树:'喂,老松!你看我醉得什么样了?'

松树不答话，它的身体动起来了，似乎要把辛弃疾扶起来。辛弃疾很疲倦，想躺在松树旁边的草地上休息一会，不要它来扶起。就用手推开松树的身子，喊道：'不要来扶我，你去！'"

阿因听了，很奇怪。他张大眼睛想了一会，也笑起来。他的笑是表示高兴。他想：大人们都说我痴。哪知大人们也是痴的。他们的痴话还要印在书上给大家看呢。自今以后，如果再有人说我痴，我就可回驳："你们大人也是痴的，有辛弃疾的书为证。"

这天晚上，阿因就去遨游"有情世界"。

他吃过夜饭，正被母亲迫着去睡的时候，忽然看见地上一块白布。他想把布拾起来。先用脚踢它一下，白布不动。仔细一看，原来是窗外照进来的月光。他抬头向窗外望，但见月亮正在对他笑，好像有话要说。他高兴极了，先向窗外喊一声："月亮姐姐，我就来了。"飞也似的跑出去了。

他跑到门外草上，仰起头来一望，月亮姐姐的脸孔比窗里看见的更加白，更加圆，更加大了。同时笑得更加可爱了。但听她说：

"阿因哥儿，到山上去野餐，他们都在等候你呢。快去拿了小篮出来，我陪你同去吧。"

阿因不及回答，三步并作两步，回进屋里，走到床前，向枕头边去取出小篮。一看，里面有半篮花生米，两包巧克力，是白天爸爸买给他的，现在正好拿上山去野餐。他提了小篮出门，说声："月亮姐姐，同去，同去！"就快步上山。月亮姐姐走得同他一样快，两人一边说话，一边上山。忽然路旁一群小声音在喊：

"阿因哥哥，月亮姐姐，我们也要去野餐，带我们同去！"

阿因回头一看，原来是一群蒲公英。阿因站住了，月亮姐姐也站住了。阿因说：

"好极，好极，我正想多几个人携着手，一同上山。月亮姐姐高高地在上面走，不肯同我携手呢！"

他便伸手拉蒲公英。蒲公英们齐声叫道："拉不得，拉不得，我们痛得很！"

阿因一看，知道他们都是生根的，便皱着眉头，想不出办法。月亮姐姐喊道："阿因哥儿，他们是走不动的，你给他们吃些东西吧！"阿因觉得这话不错，便从小篮里取出花生米来，给蒲公英们一人一粒。蒲公英们都笑了，大家鞠一个躬，谢谢他。阿因再走上山，月亮姐姐又跟着他走，快慢完全一样。虽然不能携手，一路上都好谈话，不知不觉，已到山顶。山顶上有方平原，平原中央有一块大石，一块小石。阿因坐了小石，就把小篮里的花生米和巧克力倒在大石上，开始野餐了。他叫道："大家来吃东西！"山顶四周围站着的松树一齐"哗啦哗啦"地笑起来。阿因向四周一望,但见他们一个长,一个短,一个蓬头,一个尖头,大家正在探头探脑地望着石桌上的花生米和巧克力,嘴里都滴着口水呢。忽然附近发出一阵娇嫩的喊声,原来是睡在石桌周围的杜鹃花们:"阿因哥哥,你这时候还来野餐?我们早已睡着,被你惊醒了!谁带你上来的呀?"

阿因点着上面说:"月亮姐姐带我上来的!杜鹃花妹妹,你们睡得这么早,真是无聊!大家快点起来吃东西吧?今晚月亮姐姐这样高兴,你们不可不陪她。你们看,她的脸孔从来没有这样的白,这样的圆,这样的大,从来没有这样的可爱的呢!"

白云听见了阿因、杜鹃花们、松树们的笑语声,慢慢地从远方跑过来,也要来参加这野餐大会了。白云走到了石桌顶上,望着花生米和巧克力吞唾液。忽然松树们、杜鹃花们,一齐喊起来:

"白云伯伯,让开点,不要遮住月亮姐姐!"同时月亮姐姐也在上面喊起来:

"白云伯伯最讨厌!他老是欢喜站在我的面前,使我看不到你们。"

松树们同情月亮姐姐,接着说道:

"对啊!白云伯伯不但欢喜遮住我们,有时竟会走下来,蒙住我们的头,气闷得很!这人真讨厌!"

杜鹃花们也娇声娇气地喊起来:"白云伯伯怕你们吃东西,所以拿他那个庞大的身体来遮住你们。他想一人独吃这花生米和巧克力呢!"

白云被他们说得难为情起来,只好让开。但他的身体实在庞大,行动很不自由,过了好一会,阿因方才看见月亮姐姐的脸。白云伯伯被骂,阿因觉得太可怜了。他就劝道:"白云伯伯,你下次站在月亮姐姐的后面,就好了。何必一定站在她前面呢?你横竖身体伟大,她遮不到你的呢!"

月亮姐姐扑哧地笑起来。白云伯伯说:"阿因哥儿,你不知道我的苦处,我是不能走到她后面去的。她的身体实在太娇小,我的身体实在太庞大,一不小心,就要遮住她。如今我有办法:我把身体变个样子,站在她的周围,好不好?"

阿因、松树、杜鹃花们大加赞美。白云就慢慢地变样子,先把身子伸长,变成一条,然后弯转来,变成一个白环,绕在月亮姐姐的四周。底下的人们看了这变态,大家拍手喝彩,大家吃东西,高兴得很!从此大家不讨厌白云伯伯,而且请他多吃点东西了。

大家吃饱了东西,月亮姐姐的身体渐渐地横下去,好像想休息的样子。阿因说:"我们散会吧,月亮姐姐疲倦了,大家明天再会！"月亮姐姐要送他下山。阿因说："你要休息了，不必送我下山。就叫松树哥哥送我下去吧！"

杜鹃花们一齐笑起来。松树说："阿因弟弟，要是我们走得动，我们很想送你下去，看看世景，可惜我们是走不动的呀！我有办法：叫我们的溪涧妹妹代送吧。她是一天到晚欢喜跑路的。"

溪涧接着说话了："我因为忙得很，没有参加你们的野餐会。但你们的谈话我都听见；而且风伯伯把你们的花生米和巧克力包纸都带给我吃了。香气倒很好。谢谢你们。我原要下山去，就由我代表你们，陪送阿因哥儿下山吧。"

阿因就跟了溪涧妹妹一齐下山。溪涧妹妹会唱许多的歌，在路上唱给阿因听，一直唱到阿因家的门前的河岸边，方始"再会"分手。阿因在路上，从溪涧妹妹学得了一曲最好听的歌。他一边唱着，一边走进屋里去，直到听见他母亲的声音："阿因，你睡梦里唱的歌真好听！"他方始停唱。张开眼睛一看，只见母亲坐在床前的椅子上，泥娃娃笑嘻嘻地站在他的枕头旁边，等候他起来同她玩呢。

视觉的食粮

世间一切美术的建设与企图,无非为了追求视觉的慰藉。视觉的需要慰藉,同口的需要食物一样,故美术可说是视觉的粮食。人类得到了饱食暖衣,物质的感觉满足以后,自然会进而追求精神的感觉——视觉——的快适。故从文化上看,人类不妨说是"饱暖思美术"的动物。

我个人的美术研究的动机,逃不出这公例。也是为了追求视觉的粮食。约三十年之前,我还是一个黄金时代的儿童,只知道人应该饱食暖衣,梦也不曾想到衣食的来源。美术研究的动机的萌芽,在这时光最宜于发生。我在母亲的保护之下获得了饱食暖衣之后,每天所企求的就是"看"。无论什么,只要是新奇的,好看的,我都要看。现在我还可历历地回忆:玩具,花纸,吹大糖担,新年里的龙灯,迎会,戏法,戏文,以及难得见到的花灯……曾经给我的视觉以何等的慰藉，给我的心情以何等热烈的兴奋！

就中最有力地抽发我的美术研究心的萌芽的，要算玩具与花灯。当我们的儿童时代，玩具的制造不及现今的发达。我们所能享用的，还只是竹龙、泥猫、大阿福，以及江北船上所制造的各种简单的玩具而已。然而我记得：我特别爱好的是印泥菩萨的模型。这东西现在已经几乎绝迹，在深乡间也许还有流行。其玩法是教儿童自己用黏土在模型里印塑人物像的，所以在种种玩具中，对于这种玩具觉得兴味最浓。我们向江北人买几个红沙泥烧料的阴文的模型和一块黄泥（或者自己去田里挖取一块青色的田泥，印出来也很好看），就可自由印塑。我曾记得，这种红沙泥模型只要两文钱一个。有弥勒佛像，有观世音像，有关帝像，有文昌像，还有孙行者，猪八戒，蚌壳精，白蛇精各像，还有猫，狗，马，象，宝塔，牌坊等种种模型。我向母亲讨得一个铜板，可以选办五种模型和一大块黄泥（这是随型附送，不取分文的），拿回家来制作许多的小雕塑。明天再讨一个铜板，又可以添办五种模型。积了几天，我已把江北人担子所有的模型都买来，而我的案头就像罗汉堂一般陈列着种种的造像了。我记得，这只江北船离了我们的石门湾之后，不久又开来了一只船，这船里也挑上一担红沙泥模型来，我得知了这个消息之后，立刻去探找，果然被我找到，而且在这担子上发现了许多与前者不同的新模型。我的欢喜不可名状!恐怕被人买光,立刻筹集巨款,把所有的新模型买了回来。又热心地从事塑造。案头充满了焦黄的泥像,我觉得单调起来。就设法办得铅粉和胶水,用洗净的旧笔为各像涂饰。又向我们的染坊作场里讨些洋红洋绿来,调入铅粉中,在各像上施以种种的色彩。更进一步,我觉得单靠江北船上供给的模型,终不自由。照我的游戏欲的要求,非自己设法制造模型不可。我先用黏土作模型,自己用小刀雕刻阴文的物象,晒干,另用湿黏土塑印。然而这尝试是失败的:那黏土制的模型易裂,易粘,雕得又不高明,印出来的全不足观。失败真是成功之母!有一天,计上心来;我用洋蜡烛油作模型,又细致,又坚韧,又滑润,又易于奏刀。材料虽然太费一点,但是刻坏了可以熔去再刻,并不损失材料。刻成了一种物象,印出了几个,就可把这模型熔去,另刻别的物象。这样,我只要牺牲半支洋蜡烛,便可无穷地创作我的浮雕,谁说这是太费呢。这时候我正在私塾读书。这种雕刻美术在私塾里是同私造货币一样地被严禁的。我不能拿到塾里去弄,只能假后回家来创作,因此荒废了我的《孟子》的熟读。我记得,曾经为此吃先生的警告和母亲的责备。终于不得不疏远这种美术而回到我的《孟子》里。现在回想,我当时何以在许多玩具中特别爱好这种塑造呢?其中大有道理:这种玩具，最富于美术意味，最合于儿童心理，我认为是着实应该提倡的。竹龙，泥猫，大阿福之类，固然也是一种美术的工艺。然而形状固定，没有变化，又只供鉴赏，不可创作。儿童是欢喜变化的，又是抱着热烈的创作欲的。故固定的玩具，往往容易使他们一玩就厌。那种塑印的红沙泥模型，在一切玩具中实最富有造型美术的意义，又最富有变化。故我认为自己的偏好是极有因的。现今机械工业发达，玩具工厂林立。但我常常留意各玩具店的陈列窗，觉得很失望。新式的玩具，不过质料比前精致些，形色比前美丽些，在意匠上其实并没有多大的进步，多数的新玩具，还是形状固定，没有变化，甚至缺乏美术意味的东西。想起旧日那种红沙泥模型的绝迹，不觉深为惋惜。只有数年前，曾在上海的日本玩具店里看见过同类的玩具：一只纸匣内，装着六个白瓷制的小模型，有人像，动物像，器物型，三块有色彩的油灰，和两把塑造用的竹刀。这是以我小时所爱好的红沙泥模型为原则而改良精制的。我对它着实有些儿憧憬！它曾经是我幼时所热烈追求的对象，它曾经供给我的视觉以充分的粮食，它是我的美术研究的最初的启发者。想不到在二十余年之后，它竟是外国人给穿了改良的新装而与我重见的！

更规模地诱导我美术制作的兴味的，是迎花灯。在我们石门湾地方，花灯不是每年例行的兴事。隔数年或十数年举行一次。时候总在春天，春耕已毕而蚕子未出的空当里，全镇上的人一致兴奋，努力制造各式的花灯，四周农村里的人也一致兴奋，天天夜里跑到镇上来看灯，仿佛是千载一遇的盛会。我的儿童时代总算是幸运的，有一年躬逢其盛。那时候虽然已到了清朝末年，不是十分太平的时代，但民生尚安，同现在比较起来，可说是盛世了。我家旧有一顶彩伞，它的年龄比我长，是我的父亲少年时代和我姑母二人合作的。平时宝藏在箱笼里，每逢迎花灯，就拿出来参加。我以前没有见过它，那时在灯烛辉煌中第一次看见它，视觉感到异常的快适。所谓彩伞，形式大体像古代的阳伞，但作六面形，每面由三张扁方形的黑纸用绿色绫条粘接而成，即全体由三六十八张黑纸围成。这些黑纸上便是施美术工作的地方。伞的里面点着灯，但黑纸很厚，不透光，只有黑纸上用针刺孔的部分映出灯光来。故制作的主要工夫就是刺孔。这十八张黑纸，无异十八幅书画。每张的四周刺着装饰图案的带模样，例如万字，八结，回纹，或各种花鸟的变化。带模样的中央，便是书画的地方。若是书，则笔笔剪空，空处粘着白色的熟矾纸，映着明亮的灯光，此外的空地上又刺着种种图案花纹，作为装饰的背景。若是画，则画中的主体（譬如画的是举案齐眉，则梁鸿、孟光二人是主体）剪空，空处粘白色的熟矾纸，纸上绘着这主体的彩色图，使在灯光中灿烂地映出。其余的背景（譬如梁鸿的书桌，室内的光景，窗外的花木等）用针刺出，映着灯光历历可辨。这种表现方法，我现在回想，觉得其刺激比一切绘画都强烈。自来绘画之中，西洋文艺复兴期的宗教画，刺激最弱。为了他们把画面上远近大小一切物象都详细描写，变成了照相式的东西，看时不得要领，印象薄弱，到了19世纪末的后期印象派，这点方被注意。他们用粗大的线条，浓厚的色彩与单纯的手法描写各物，务使画中的主体强明地显现在观者的眼前。这原是取法于东洋的。东洋的粗笔画，向来取这么单纯明快的表现法，有时甚至完全不写背景，仅把一块石头或一枝梅花孤零零地描在白纸上，使观者所得印象十分强明。然而，这些画远不及我们那顶彩伞的画的强明：那画中的主体用黑纸作背景，又映在灯光中，显得非常触目，而且背景并非全黑，那针刺的小孔，隐隐地映出各种陪衬的物象来，与主体有机地造成一个美满的画面。其实这种彩伞不宜拿了在路上走，应该是停置在一处，供人细细观赏的。我家的那顶彩伞，尤富有这个要求。因为在全镇上的出品中，我们的彩伞是被公推为最精致而高尚的，字由我的父亲手书，句语典雅，笔致坚秀，画是我姑母的手笔，取材优美，布局匀称。针刺的工作也全由他们亲自担任，疏密适宜，因之光的明暗十分调和，比较起去年我乡的灯会中所见新的作品，题着"提倡新生活"的花台,画着摩登美女的花盆来,其工粗雅俗之差,不可以道里计了。我由这顶彩伞的欣赏,渐渐转入创作的要求。得了我大姐的援助,在灯期中立刻买起黑纸来,裁成十八小幅。作画,写字,加以图案,安排十八幅书画。然后剪空字画,粘贴矾纸,把一个盛老烟的布袋衬在它们底下,用针刺孔。我们不但日里赶作,晚上也常常牺牲了看灯,伏在室内工作。虽然因为工作过于繁重,没有完成灯会已散,但这一番的尝试,给了我美术制作的最初的欢喜。我们于灯会散后在屋里张起这顶自制的小彩伞来,共相欣赏,比较,批评。自然远不及大彩伞的高明。但是,能知道自己的不高明,我们的鉴赏眼已有几分进步了。我的学书学画的动机,即肇始于此。我的美术研究的兴味,因了这次灯会期间的彩伞的试制而更加浓重了。去年的春天,我乡又发起灯会。这是我生所逢到的第三次,但第二次我糊口于远方,未曾亲逢,我所亲逢的这是第二次。照上述的因缘看来,去年我应该踊跃参加。然而不然,我只陪了亲友勉强看几次灯。非但自己不制作,有时连看都懒得。这是什么缘故?一时自己也说不清,大约要写完了这篇文章方才明白。

言归本题:最有力地抽发我的美术研究心的萌芽的,是上述的玩具和花灯。然而,给我的视觉以最充分的粮食的,也只有这种玩具和花灯。那种红沙泥模型的塑印,原是很幼稚的一种手工，给孩儿们玩玩的东西，说不上美术研究。那种彩伞的制作也只是雕虫小技，仅供消闲娱乐而已，不能说是正大的美术创作。然而前面说过，世间一切美术的建设与企图，无非为了追求视觉的慰藉。上两者在美术上虽是玩具或小技，但其对于当时的我，一个十来岁的儿童，的确奏了极伟大的美术的效果，给了我最充分的视觉的粮食。因为自此以后，我的年纪渐长，美术研究之志渐大，我的经历渐多，美术鉴赏之眼渐高。研究之志渐大，就舍去目前的小慰藉的追求而从事奋斗，鉴赏之眼渐高，就发现眼前缺乏可以慰藉视觉的景象，而退入苟安，陷入空想。美术是人生的"乐园"，儿童是人生的"黄金时代"。然而出了黄金时代，美术的乐园就减色，可胜叹哉！

怎样会减色呢？让我继续告诉我的读者吧，为了上述的因缘，我幼时酷好描画。最初我热心于印《芥子园人物谱》。所谓印，就是拿薄纸盖在画谱上，用毛笔依样印写。写好了添上颜色，当作自己的作品。后来进小学校，看见了商务印书馆出版的《铅笔画临本》《水彩画临本》，就开始临摹，觉得前此之印写，太幼稚了。临得惟妙惟肖，就当作自己的佳作。后来进中学校，知道学画要看着实物而描写，就开始写生，觉得前此之临摹，太幼稚了。写生一把茶壶，看去同实物一样，就当作自己的杰作！后来我看到了西洋画，知道了西洋画专门学校的研究方法，又觉得前此的描画都等于儿戏，欲追求更多的视觉的粮食，非从事专门的美术研究不可。我就练习石膏模型木炭写生。奋斗就从这里开始。大凡研究各种学问，往往在初学时尝到甜味，一认真学习起来，就吃尽苦头。有时简直好像脱离了本题，转入另外一种坚苦的工作中。为了学习绘画而研究坚苦的石膏模型写生，正是一个适例。近来世间颇反对以石膏模型写生当作绘画基本练习的人。西洋的新派画家，视此道为陈腐的旧法，中国写意派画家或非画家，也鄙视此道，以为这是画家所不屑做的机械工作。我觉得他们未免胆子太大，把画道看得太小了。我始终确信，绘画以"肖似"为起码条件，同人生以衣食为起码条件一样。谋衣食固然不及讲学问道德一般清高。然而衣食不足，学问道德无从讲起，除非伯夷、叔齐之流。学画也如此，单求肖似固然不及讲笔法气韵的清高。然而不肖似物象，笔法气韵亦无从寄托。有之，只有立体派构成派之流。苏东坡诗云："论画以形似，见与儿童邻。"正是诗人的夸张之谈。订正起来，应把他第一句诗中的"以"字改为"重"字才行。话归本题：我从事石膏模型写生之后，为它吃了不少的苦。因为石膏模型都是人的裸体像，而人体是世界最难描得肖似的东西。五官，四肢，一看似觉很简单，独不知形的无定，线的刚柔，光的变化，色的含混，在描写上是最困难的工作。我曾经费了十余小时的工夫描一个Venus（维纳斯）像，然而失败了。因为注意了各小部分，疏忽了全体的形状和调子。以致近看各部皆肖似，而走远来一望，各部大小不称，浓淡失调，全体姿势不对。我曾经用尽了眼力描写一个Laocoon（拉奥孔）像，然而也失败了。因为注意了部分和全体的相称，疏忽了用笔的刚柔，把他全身的肌肉画成起伏的岩石一般。我曾在灯光下描写Homeros（荷马）像，一直描到深夜不能成功。为的是他的卷发和胡须太多，无论如何找不出系统的调子，因之画面散漫无章，表不出某种方向的灯光底下的状态来。放下木炭条，靠在椅背上休息的时光，我就想起：我在这里努力这种全体姿势的研究，肌肉起伏的研究，卷发胡须的研究，谁知也是为了追求视觉的慰藉呢？这些苦工，似乎与慰藉相去太远，似乎与前述的玩具和彩伞全不相关，谁知它们是出于同一要求之下的工作呢！我知道了，我是正在舍弃了目前的小慰藉而从事奋斗，希望由此获得更大的慰藉。

　　说来自己也不相信：经过了长期的石膏模型奋斗之后，我的环境渐渐变态起来了。我觉得眼前的"形状世界"不复如昔日之混沌，各种形状都能对我表示一种意味，犹如各个人的脸孔一般。地上的泥形，天上的云影，墙上的裂纹，桌上的水痕，都对我表示一种态度，各种植物的枝，叶，花，果，也争把各人所独具的特色装出来给我看。更有稀奇的事，以前看惯的文字，忽然每个字变成了一副脸孔，向我装着各种的表情。以前到惯的地方，忽然每一处都变成了一个群众的团体，家屋，树木，小路，石桥……各变成了团体中的一员，各演出相当的姿势而凑成这个团体，犹如耶稣与十二门徒凑成一幅《最后的晚餐》一般。……读者将以为我的话太玄妙吗？并不！石膏模型写生是教人研究世间最复杂最困难的各种形、线、调、色的。习惯了这种研究之后，对于一切形、线、调、色自会敏感起来。这犹之专翻电报的人，看见数目字自起种种联想，又好比熟习音乐的人，听见自然界各种声音时自能辨别其音的高低、强弱和音色。我久习石膏模型写生，入门于形的世界之后，果然多得了种种视觉的粮食：例如名画，以前看了莫名其妙的，现在懂得了一些好处。又如优良的雕刻，古代的佛像，以前未能相信先辈们的赞美的，现在自己也不期对他们赞美起来。又如古风的名建筑，洋风的名建筑，以前只知道它们的工程浩大，现在渐渐能够体贴建筑家的苦心，知道这些确是地上的伟大而美丽的建设了。又如以前临《张猛龙碑》《龙门二十品》《魏齐造像》，只是盲从先辈的指导，自己非但不解这些字的好处，有时却在心中窃怪，写字为什么要拿这种参差不整，残缺不全的古碑为模范？但现在渐渐发觉这等字的笔致与结构的可爱了。不但对于各种美术如此，在日常生活上，我也改变了看法，以前看见描着工细的金碧花纹的瓷器，总以为是可贵的，现在觉得大多数恶俗不足观，反不如本色的或简图案的瓷器来得悦目。以前看见华丽的衣服总以为是可贵的，现在觉得大多数恶劣不堪，反不如无花纹的，或纯白纯黑的来得悦目。以前也欢喜供一个盆景，养两个金鱼，现在觉得这些小玩意的美感太弱，与其赏盆景与金鱼，不如跑到田野中去一视伟大的自然美。我把以前收藏着的香烟里的画片两大匣如数送给了邻家的儿童。

　　我的美术鉴赏眼，显然是已被石膏模型写生的磨炼所提高了。然而这在视觉慰藉的追求上，是大不利的！我们这国家，民生如此凋敝，国民教养如此缺乏。"饱暖思美术"，我们的一般民众求饱暖尚不可得，哪有讲美术的余暇呢？因此我们的环境，除了山水原野等自然之外，凡人类社会，大多数地方只有起码的建设，谈不到美术，一所市镇，只要有了米店，棺材店，当铺，茅坑等日用缺少不来的设备，就算完全，更无暇讲求"市容"了。一个学校，只要有了座位和黑板等缺少不得的设备，就算完全，更无暇讲求艺术的陶冶了。一个家庭，只要有了灶头，眠床，板桌，马桶等再少不来的设备，也算完全，更无暇讲求形式的美观了。带了提高了的美术鉴赏眼，而处在上述的社会环境中，试问向哪里去追求视觉的慰藉呢？以前我还可没头于红沙泥模子的塑印中，及彩伞的制作中，在那里贪享视觉的快感。可是现在，这些小玩意只能给我的眼当作小点心，却不能当作粮食了。我的眼，所要求的粮食，原来并非贵族的、高雅的、深刻的美术品，但求妥帖的、调和的、自然的、悦目的形象而已。可是在目前的环境中，最缺乏的是这种形象。有时我笼闭在房间里，把房间当作一个小天地，施以妥帖、调和、自然而悦目的布置，苟安地在那里追求一些视觉的慰藉。或者，埋头在白纸里，将白纸当作一个小天地，施以妥帖、调和、自然而悦目的经营，空想地在那里追求一些视觉的慰藉。到了这等小天地被我看厌，视觉饥荒起来的时候，我唯有走出野外，向伟大的自然美中去找求粮食。然而这种粮食也不常吃。因为它们滋味太过清淡，犹如琼浆仙露，缺乏我们凡人所需要的"人间烟火气"。在人类社会的环境不能供给我以视觉的食粮以前，我大约只能拿这些苟安的、空想的、清淡的形象来聊以充饥了。

一九三五年十一月十三日作，曾登《中学生》

美与同情

有一个儿童,他走进我的房间里,便给我整理东西。他看见我的挂表的面合复在桌子上,给我翻转来。看见我的茶杯放在茶壶的环子后面,给我移到口子前面来。看见我床底下的鞋子一顺一倒,给我掉转来。看见我壁上的立幅的绳子拖出在前面,搬了凳子,给我藏到后面去。我谢他:

"哥儿,你这样勤勉地给我收拾!"

他回答我说:

"不是,因为我看了那种样子,心情很不安适。"是的,他曾说:"挂表的面合复在桌子上,看它何等气闷!""茶杯躲在它母亲的背后,教它怎样吃奶奶?""鞋子一顺一倒,教它们怎样谈话?""立幅的辫子拖在前面,像一个鸦片鬼。"我实在钦佩这哥儿的同情心的丰富。从此我也着实留意于东西的位置,体谅东西的安适了。它们的位置安适,我们看了心情也安适。于是我恍然悟到，这就是美的心境，就是文学的描写中所常用的手法，就是绘画的构图上所经营的问题。这都是同情心的发展。普通人的同情只能及于同类的人，或至多及于动物；但艺术家的同情非常深广，与天地造化之心同样深广，能普及于有情、非有情的一切物类。

我次日到高中艺术科上课，就对她们作这样的一番讲话：

世间的物有各种方面，各人所见的方面不同。譬如一株树，在博物家，在园丁，在木匠，在画家，所见各人不同。博物家见其性状，园丁见其生息，木匠见其材料，画家见其姿态。

但画家所见的，与前三者又根本不同。前三者都有目的，都想起树的因果关系，画家只是欣赏目前的树的本身的姿态，而别无目的。所以画家所见的方面，是形式的方面，不是实用的方面。换言之，是美的世界，不是真善的世界。美的世界中的价值标准，与真善的世界中全然不同，我们仅就事物的形状、色彩、姿态而欣赏，更不顾问其实用方面的价值了。

所以一枝枯木，一块怪石，在实用上全无价值，而在中国画家是很好的题材。无名的野花，在诗人的眼中异常美丽。故艺术家所见的世界，可说是一视同仁的世界，平等的世界。艺术家的心，对于世间一切事物都给以热诚的同情。

故普通世间的价值与阶级，入了画中便全部撤销了。画家把自己的心移入于儿童的天真的姿态中而描写儿童，又同样地把自己的心移入于乞丐的病苦的表情中而描写乞丐。画家的心，必常与所描写的对象相共鸣共感，共悲共喜，共泣共笑；倘不具备这种深广的同情心，而徒是手指的刻画，决不能成为真的画家。即使他能描画，所描的至多仅抵一幅照相。

画家须有这种深广的同情心，故同时又非有丰富而充实的精神力不可。倘其伟大不足与英雄相共鸣，便不能描写英雄；倘其柔婉不足与少女相共鸣，便不能描写少女。故大艺术家必是大人格者。

艺术家的同情心，不但及于同类的人物而已，又普遍地及于一切生物、无生物；犬马花草，在美的世界中均是有灵魂而能泣能笑的活物了。诗人常常听见子规的啼血，秋虫的促织，看见桃花的笑东风，蝴蝶的送春归；用实用的头脑看来，这些都是诗人的疯话。其实我们倘能身入美的世界中，而推广其同情心，及于万物，就能切实地感到这些情景了。画家与诗人是同样的，不过画家注重其形式姿态的方面而已。没有体得龙马的活力，不能画龙马；没有体得松柏的劲秀，不能画松柏。中国古来的画家都有这样的明训。西洋画何独不然？我们画家描一个花瓶，必其心移入于花瓶中，自己化作花瓶，体得花瓶的力，方能表现花瓶的精神。我们的心要能与朝阳的光芒一同放射，方能描写朝阳；能与海波的曲线一同跳舞，方能描写海波。这正是"物我一体"的境涯，万物皆备于艺术家的心中。

为了要有这点深广的同情心，故中国画家作画时先要焚香默坐，涵养精神，然后和墨伸纸，从事表现。其实西洋画家也需要这种修养，不过不曾明言这种形式而已。不但如此，普通的人，对于事物的形色姿态，多少必有一点共鸣共感的天性。房屋的布置装饰，器具的形状色彩，所以要求其美观者，就是要适应天性的缘故。眼前所见的都是美的形色，我们的心就与之共感而觉得快适；反之，眼前所见的都是丑恶的形色，我们的心也就与之共感而觉得不快。不过共感的程度有深浅高下不同而已。对于形色的世界全无共感的人，世间恐怕没有；有之，必是天资极陋的人，或理智的奴隶，那些真是所谓"无情"的人了。

在这里我们不得不赞美儿童了。因为儿童大都是最富于同情的。且其同情不但及于人类，又自然地及于猫犬、花草、鸟蝶、鱼虫、玩具等一切事物，他们认真地对猫犬说话，认真地和花接吻，认真地和人像（doll）玩耍，其心比艺术家的心真切而自然得多！他们往往能注意大人们所不能注意的事，发现大人们所不能发现的点。所以儿童的本质是艺术的。

换言之，即人类本来是艺术的，本来是富于同情的。只因长大起来受了世智的压迫，把这点心灵阻碍或消磨了。唯有聪明的人，能不屈不挠，外部即使饱受压迫，而内部仍旧保藏着这点可贵的心。这种人就是艺术家。

西洋艺术论者论艺术的心理，有"感情移入"之说。所谓感情移入，就是说我们对于美的自然或艺术品，能把自己的感情移入于其中，没入于其中，与之共鸣共感，这时候就经验到美的滋味。我们又可知这种自我没入的行为，在儿童的生活中为最多。他们往往把兴趣深深地没入在游戏中，而忘却自身的饥寒与疲劳。《圣经》中说："你们不像小孩子，便不得进入天国。"小孩子真是人生的黄金时代！我们的黄金时代虽然已经过去，但我们可以因了艺术的修养而重新面见这幸福、仁爱而和平的世界。

一九二九年九月八日

山水间的生活

我家迁住白马湖上后三天,我在火车中遇见一个朋友,对我这样说:"山水间虽然清静,但物质的需要不便之外,住家不免寂寞,办学校不免闭门造车,有利亦有弊。"我当时对于这话就起一种感想,后来忙中就忘却了。

现在春晖在山水间已生活了近一年了,我的家庭在山水间已生活了一月多了。我对于山水间的生活,觉得有意义,又想起了火车中的友人的话。写出我的几种感想在下面。

我曾经住过上海,觉得上海住家,邻人都是不相往来,而且敌视的。我也曾做过上海的学校教师,觉得上海的繁华和文明,能使聪明的明白人得到暗示和觉悟,而使悟力薄弱的人收到很恶的影响。我觉得上海虽热闹,实在寂寞,山中虽冷静,实在热闹,不觉得寂寞。就是上海是骚扰的寂寞,山中是清静的热闹。

在火车里的几小时，是在这社会里四五十年的人生的缩图。座位被占，提包被偷等恐慌，就是生活恐慌的缩形。倘嫌山水间的生活的寂寞，而慕都会的热闹，犹之在只乘四五个相熟的人的火车里嫌寂寞，要往别的拥挤着的车子里去。如果有这样的人，他定是要描写拥挤的车子而去观察的小说家，否则是想图利去的pickpocket（扒手）。

我在教授图画唱歌的时候，觉得以前曾在别处学过图画唱歌的人最难教授，全然没有学过的人容易指导。同样，我觉得在社会里最感到困难的是"因袭的打破难"。许多学校风潮，许多家庭悲剧，许多恶劣的人类分子，都是"因袭的罪恶"，何尝是人间本身的不良。因袭好比遗传，永不断绝。新文化一次输入因袭旧恶的社会里，仿佛注些花露水在粪里，气味更难当。再输入一次，仿佛在这花露水和粪里再注入些香油，又变一种臭气。我觉得无论什么改造，非先除去因袭的恶弊终归越弄越坏。在山水间的学校和家庭，不拘何等孤僻，何等少见闻，何等寂寥，"因袭的传染的隔远"和"改造的容易入手"是实实在在的事实。

我从前往往听见人讲到子弟求学或职业等问题，都说："总要出上海出上海，指到上海去。"听者带着一种对于将来生活的恐慌的自警的态度默应着。把这等话的心理解剖起来，里面含着这样的几个要素：（一）上海确是文明地，冠盖之区，要路津。（二）少年应当策高足，先据这要路津。（三）这就是吾人应走的前途。所谓闭门造车，也是具有这样的内容的话。怀着这样的思想的人，是因袭的奴隶，是因袭的维持者。

闭门造车，是指说不符合门外的轨道的大小，造了不能在门外的轨道上运行的车。行车一定要在已成的轨道上吗？这已成的轨道确是引导我们走正路的吗？有了车不能造轨道的吗？在这"闭门造车"一句话里，分明表示着人们的依赖、因袭，和创造力多么薄弱。

不造则已，如果要造车，一定非闭门造不可。如果依照已成的轨道而造，所造出的车子和以前已有的车子一样，就在已成的轨道上随波逐流地去了。即使已有的车子是好的，已成的轨道是正的，造车的效力也不过加多了车，不是造车的进步。何况已有的车子或者不好，已成的轨道或者不正呢？

"好久不到都会了，好久不看报了，退步了。"这样说的人也有。实在，进步是前进的意思，进步越快，离社会越远；离社会越远，进步越深（这是厨川白村说的）。子路说道："吾过矣，吾离群而索居，亦已久矣。"这便是子路所以为子路。

"山水间生活，有利亦有弊"，这大概是指清静、空气新鲜、生活程度低等是利,需要不便、寂寞、闭门造车等是弊。这是要计较两方的利弊长短而取舍的意思。这话的内容和"新思想并不恶,时势变更了不得已而然的。但从前的习惯一概不好,也不能说"的话同是乡愿的话。

这话的变形,就是"凡物都有明暗两方面的"。这话固然不错。但我觉得明暗是一体的。非但如此,明是因为有暗而益明的。仿佛绘画,明调子因暗调子而益美,暗调子因明调子而也美了。断不是明面好,暗面不好。如果取明而弃暗,就是Ruskin(罗斯金)所谓:"自然像日光和阴影相交一般混合着优劣两种要素,使双方相互地供给效用和势力的。所以除去阴影的画家,定要在他自己造出来的无荫的沙漠里烧死!"

爱一物,是兼爱它的阴暗两方面。否,没有暗的明是不明的,是不可爱的。我往往觉得山水间的生活,因为需要不便而菜根更香,豆腐更肥。因为寂寥而邻人更亲。

且勿论都会的生活与山水间的生活孰优孰劣,孰利孰弊。人生随处皆不满,欲图解脱,唯于艺术中求之。

胡桃云片

凭窗闲眺，想竟一个随感的题目。

说出来真觉得有些惭愧：今天我对于展开在窗际的"一·二八"战争的炮火的痕迹，不能兴起"抗日救国"的愤慨，而独仰望天际散布的秋云，甜蜜地联想到松江的胡桃云片。也想把胡桃云片隐藏在心里，而在嘴上说抗日救国。但虚伪还不如惭愧些吧。

三四年前在松江任课的时候，每星期课毕返上海，黄包车经过望江楼隔壁的茶食店，必然停一停车，买一尺胡桃云片带回去吃。这种茶食是否为松江的名物，我没有调查过。我是有一回同一个朋友在望江楼喝茶，想买些点心吃吃，偶然在隔壁的茶食店里发现的。发现以后，我每次携了藤筐坐黄包车出城的时候必定要买。后来成为定规，那店员看见我的车子将停下来，就先向橱窗里拿一尺糕来称分量。我走到柜前，不必说话，只需摸出一块钱来等他找我。他找我的有时是两角小洋，有时只几个钢板，视糕的分量轻重而异。每月的糕钱约占了我的薪水的十二分之一，我为什么肯拿薪水的十二分之一来按星期致送这糕店呢？因为这种糕实有使我欢喜之处，且听我说：

云片糕，这个名词高雅得很。"云片"二字是糕的色彩、形状的印象的描写。其白如云，其薄如片，名之曰云片，真是高雅而又适当。假如有一片糕向空中飞，我们大可用古人"白云一片去悠悠"之句来题赞这景象。但我还以为这名词过于象征了些。因为糕的厚薄固然宜于称片，但就糕的形状上看，"云"字似觉不切。这糕的四边是直线，四根直线围成一个长方形。用直线围成的长方形来比拟天际缭绕不定的云，似乎过于象征而有些牵强了。若把"云片"二字专用于胡桃云片上，那么我就另有一种更有趣味的看法。

胡桃云片，本是加有胡桃的云片糕的意思。想象它的制法，大约是把一块一块的胡桃肉装入米粉里，做成一段长方柱形，然后用刀切成薄薄的片。这样一来，每一片糕上都有胡桃肉的各种各样的切断面的形状。胡桃肉的形体本是非常复杂，现在装入糕中而切成片子，就因了它的位置、方向及各部形体的不同，而在糕片上显出变化多样的形象来。试切下几片来，不要立刻塞进口里，先来当作小小的画片观赏一下。有许多极自然的曲线，描出变化多样的形象，疏疏密密地排列在这些小小的画片上。倘就各个形象看：有的像果物，有的像人形，有的像鸟兽。就全体看：有时像蠹鱼钻过的古书，有时像别的世界的地图，有时像古代的象形文字，然而大都疏密无定，颇像现在窗外的散布着秋云的天空。古人诗云："人似秋云散处多。"秋天的云，大都是一朵一朵地分散而疏密无定的。这颇像胡桃云片上的模样。故我每吃胡桃云片便想起秋天，每逢秋天便想吃胡桃云片。根据我这看法而称这种糕曰"胡桃云片"，岂不更为雅致适切、更有趣味吗？

松江人似乎曾在胡桃云片上发现了这种画意。他们所制的糕，不像别处的产物似的仅在云片中嵌入胡桃肉，他们在糕的四周用红色的线条作一黄金律的缘，而把胡桃的断面装点在这缘线内。这宛如在一幅中国画上加了装裱，或是在一幅西洋画上加了镜框，画的意趣更加焕发了。这些胡桃肉受了缘的隔离，已与实际的世间绝缘，不复是可食的胡桃肉，而成为独立的美的形体了。

因这缘故，松江的胡桃云片使我特别欢喜。辞了松江的教职以后，我不能常得这种胡桃糕，但时时要想念它，例如今天凭窗闲眺而望天际散布的秋云的时候。读者也许要笑："你在想吃松江胡桃糕，何必絮絮叨叨地说出这一大篇！"

不，不，我要吃糕很容易：到江湾街上去买两百文胡桃肉，七个铜板云片糕，拿回家来用糕包裹胡桃肉，闭了眼睛塞进嘴里，嚼起来味道和松江胡桃云片完全一样。我想念松江胡桃云片，是为了想看。至少，半是为了想看，半是为了想吃。若要说吃，我吃这种糕是并用了眼睛和嘴巴的。

我们中国的市上，仅用嘴巴吃的东西太多了。因此使我拿薪水的十二分之一来按星期致送松江的糕店，又使我在江湾的窗际遥遥地想念松江的胡桃云片。我希望中国到处的市上，并用眼睛和嘴巴来吃的东西渐渐多起来。不但嘴吃的东西，身体各部所用的东西，也都要教眼睛参加进去才好。我又希望中国到处的市上，并用眼睛和身体来用的东西也渐渐多起来。

甘美的回味

有一次我偶得闲暇,温习从前所学过的弹琴课。一位朋友拍拍我的肩膀说道:"你们会音乐的真是幸福,寂寞起来弹一曲琴,多么舒服!唉,我的生活太枯燥了。我几时也想学些音乐,调剂调剂呢。"

我不能首肯于这位朋友的话,想向他抗议。但终于没有对他说什么。因为伴着拍肩膀而来的话,态度十分肯定而语气十分强重,似乎会跟了他的手的举动而拍进我的身体中,使我无力推辞或反对。倘使我不承认他的话而欲向他抗议,似乎须得还他一种比拍肩膀更重要一些的手段——例如跳将起来打他几个巴掌——而说话,才配得上抗议。但这又何必呢。用了拍肩膀的手段而说话的人,大都是自信力极强的人,他的话是他一人的法律,我实无须向他辩解。我不过在心中暗想他的话的意思,而独在这里记录自己的感想而已。

这朋友说我"寂寞起来弹一曲琴，多么舒服"，实在是冤枉了我！因为我回想自己的学习音乐的经过，只感到艰辛与严肃，却从未因了学习音乐而感到舒服。

记得十六七年前我在杭州第一师范读书的时候，最怕的功课是"还琴"。我们虽是一所普通的初级师范学校，但音乐一科特别注重，全校有数十架学生练习用的五组风琴，和还琴用的一架大风琴，唱歌用的一架大钢琴。李叔同先生每星期教授我们弹琴一次。先生先把新课弹一遍给我们看。略略指导了弹法的要点，就令我们各自回去练习。一星期后我们须得练习纯熟而来弹给先生看，这就叫作"还琴"。但这不是由教务处排定在课程表内的音乐功课，而是先生给我们规定的课外修业。故还琴的时间，总在下午二十分至一时之间，即午膳后至第一课之间的四十分钟内，或下午六时二十分至七时之内，即夜饭后至晚间自修课之间的四十分钟内。我们自己练习琴的时间则各人各便，大都在下午课余，教师请假的时间，或晚上。总之，这弹琴全是课外修业。但这课外修业实际比较一切正课都艰辛而严肃。这并非我个人特殊感觉，我们的同学们讲起还琴都害怕。我每逢轮到还琴的一天，饭总是不吃饱的。我在十分钟内了结吃饭与盥洗二事，立刻挟了弹琴讲义，先到练琴室内去，抱了一下佛脚，然后心中带了一块沉重的大石头而走进还琴教室去。我们的先生——他似乎是不吃饭的——早已静悄悄地等候在那里。大风琴上的谱表与音栓都已安排妥帖，显出一排雪白的键板，犹似一件怪物张着阔大的口，露出一口雪白的牙齿而蹲踞着，在那里等候我们的来到。

先生见我进来，立刻给我翻出我今天所应还的一课来，他对于我们各人弹琴的进程非常熟悉，看见一人就记得他弹到什么地方。我坐在大风琴边，悄悄地抽了一口大气，然后开始弹奏了，先生不逼近我，也不正面督视我的手指，而斜立在离开我数步的桌旁。他似乎知道我心中的状况，深恐逼近我督视时，易使我心中慌乱而手足失措，所以特地离开一些。但我确知他的眼睛是不绝地在斜注我的手上的。因为不但遇到我按错一个键板的时候他知道，就是键板全不按错而用错了一根手指时，他的头便急速地回转，向我一看，这一看表示通不过。先生指点乐谱，令我从某处重新弹起。小错从乐句开始处重弹，大错则须从乐曲开始处重弹。有时重弹幸而通过了，但有时越是重弹，心中越是慌乱而错误越多。这还琴便不能通过。先生用和平而严肃的语调低声向我说，"下次再还"，于是我只得起身离琴，仍旧带了心中这块沉重的大石头而走出还琴教室，再去加上刻苦练习的工夫。

我们的先生的教授音乐是这样的严肃的。但他对于这样严肃的教师生活，似乎还不满足，后来就做了和尚而度更严肃的生活了。同时我也就毕业离校,入社会谋生,不再练习弹琴。但弹琴一事,在我心中永远留着一个严肃的印象,从此我不敢轻易地玩弄乐器了。毕业后两年,我一朝脱却了谋生的职务,而来到了东京的市中。东京的音乐空气使我对从前的艰辛严肃的弹琴练习发生一种甘美的回味。我费四十五块钱买了一口提琴,再费三块钱向某音乐研究会买了一张入学证,便开始学习提琴了。记得那正是盛夏的时候。我每天下午一时来到这音乐研究会的练习室中,对着了一面镜子练习提琴,一直练到五点半钟而归寓。其间每练习五十分钟,休息十分钟。这十分间非到隔壁的冰店里喝一杯柠檬刨冰,不能继续下一小时的练习。一星期之后,我左手上四个手指的尖端的皮都破烂了。起初各指尖上长出一个白泡,后来泡皮破裂,露出肉和水来。这些破烂的指尖按到细而紧张的钢丝制的E弦上,感到针刺般的痛楚,犹如一种肉刑!但提琴先生笑着对我说:"这是学习提琴所必经的难关。你现在必须努力继续练习,手指任它破烂,后来自会结成一层老皮,难关便通过了。"他伸出自己的左手来给我摸:"你看,我指尖上的皮多么老!起初也曾像你一般破烂过;但是难关早已通过了。倘使现在怕痛而停止练习,以前的工夫便都枉费,而你从此休想学习提琴了。"我信奉这提琴先生的忠告,依旧每日规定四个半钟头而刻苦练习,按时还琴。后来指尖上果然结皮,而练习亦渐入艰深之境。以前从李先生学习弹琴时所感到的一种艰辛严肃的况味,这时候我又实际地尝到了。但滋味和从前有些不同:因为从前监督我刻苦地练习风琴的,是对于李先生的信仰心;现在监督我刻苦地练习提琴的,不是对于那个提琴先生的信仰心,而是我的自励心。那个提琴先生的教课,是这音乐研究会的会长用了金钱而论钟点买来的。我们也是用金钱间接买他的教课的。他规定三点钟到会,五点钟退去,在这两小时的限度内尽量地教授我们提琴的技术,原可说是一种公平的交易。而且像我这远来的外国人,也得凭仗了每月三块钱的学费的力,而从这提琴先生受得平等的教授与忠告,更是可感谢的事。然而他对我的雄辩的忠告,在我觉得远不及低声的"下次再还"四个字的有效。我的刻苦地练习提琴,还是出于我自己的勉励心的,先生的教授与忠告不过供给知识与参考而已。我在这音乐研究会中继续练习了提琴四个多月,即便回国。我在那里熟习了三册提琴教则本和几曲 light opera melodies(轻歌剧旋律)。和我同室而同时开始练习提琴的,有一个出胡须的医生和一个法政学校的学生。但他们并不每天到会,因此进步都很迟,我练完第三册教则本时,他们都还只练完第一册。他们每嫌先生的教授短简而不详,不能使他们充分理解,常常来问我弹奏的方法。我尽我所知地告诉他们。我回国以后，这些同学和先生都成了梦中的人物。后来我的提琴练习废止了。但我时时念及那位医生和法政学生,不知他们的提琴练习后来进境如何。现在回想起来,他们当时进步虽慢,但炎夏的练习室中的苦况,到底比我少消受一些。他们每星期不过到练习室三四次,每次不过一二小时。而且在练习室中,挥扇比拉琴更勤。我呢,犹似在那年的炎夏中和提琴作了一场剧烈的奋斗,而终于退守。那个医生和法政学生现在已由渐渐的进步而成为日本的 violinist（小提琴家）也未可知；但我的提琴上已堆积灰尘,我的手指已渐僵硬,所赢得的只是对于提琴练习的一个艰辛严肃的印象。

我因有上述的经验,故说起音乐演奏,总觉得是一种非常严肃的行为。我须得用了"如临大敌"的态度而弹琴,用了"如见大宾"的态度而听人演奏。弹过听过之后,只感到兴奋的疲倦,绝未因此而感到舒服。所以那个朋友拍着我的肩膀而说的话,在我觉得冤枉,不能首肯。难道是我的学习法不正,或我所习的乐曲不良吗？但我是依据了世界通用的教则本,服从了先生的教导,而忠实地实行的。难道世间另有一种娱乐的音乐教则本与娱乐的音乐先生吗？这疑团在我心中久不能释。有一天我在某学校的同乐会的席上恍然地悟到了。

同乐会就是由一部分同学和教师在台上扮各种游艺,给其余的同学和教师欣赏。游艺中有各种各样的演、唱、合奏。总之,全是令人发笑的花头。座上不绝地发出哄笑的声音。我回看后面的听众,但见许多血盆似的笑口。我似觉身在"大世界""新世界"一类的游戏场中了。我觉得这同乐会的确是"乐"!在座的人可以全不费一点心力而只管张着嘴巴嬉笑。听他们的唱奏,也可以全不费一点心力而但觉鼓膜上的快感。这与我所学习的音乐大异,这真可说是舒服的音乐。听这种音乐,不必用"如见大宾"的态度,而只需当作喝酒。我在座听了一会儿音乐,好似喝了一顿酒,觉得陶醉而舒服。

于是我悟到了,那个朋友所赞叹而盼望学习的音乐,一定就是这种喝酒一般的音乐。他是把音乐看作喝酒一类的乐事的。他的话中的"音乐"及"弹琴"等字倘使改作"喝酒",例如说,"你们会喝酒的人真是幸福,寂寞起来喝一杯酒多么舒服"!那我便首肯了。

那种酒上口虽好,但过后颇感恶腥,似乎要呕吐的样子。我自从那回尝过之后,不想再喝了。我觉得这种舒服的滋味,远不及艰辛严肃的回味的甘美。

学会艺术的生活

原本我们初生入世的时候,最初并不提防到这世界是如此狭隘而使人窒息的。

我们虽然由儿童变成大人,然而我们这心灵是始终一贯的心灵,即依然是儿时的心灵,只不过经过许久的压抑,所有的怒放的、炽热的感情的萌芽,屡被磨折,不敢再发生罢了。这种感情的根,依旧深深地伏在做大人后的我们的心灵中。这就是"人生的苦闷"根源。

我们谁都怀着这苦闷,我们总想发泄这苦闷,以求一次人生的畅快。艺术的境地,就是我们所开辟的、来发泄这生的苦闷的乐园。我们的身体被束缚于现实,匍匐在地上。

然而我们在艺术的生活中,可以暂时放下我们的一切压迫与负担,解除我们平日处世的苦心,而作真的自己的生活,认识自己的奔放的生命。我们可以瞥见"无限"的姿态，可以体验人生的崇高、不朽，而发现生的意义与价值了。艺术教育，就是教人以这艺术的生活的。

知识、道德，在人世间固然必要，然倘若缺乏这种艺术的生活，纯粹的知识与道德全是枯燥的法则的纲。这纲愈加繁多，人生愈加狭隘。

所谓艺术的生活，就是把创作艺术、鉴赏艺术的态度来应用在人生中，即教人在日常生活中看出艺术的情味来。倘能因艺术的修养，而得到了梦见这美丽世界的眼睛，我们所见的世界，就处处美丽，我们的生活就处处滋润了。

艺术教育就是教人用像作画、看画一样的态度来对世界；换言之，就是教人学做孩子，就是培养小孩子的这点"童心"，使他们长大以后永不泯灭。童心，在大人就是一种"趣味"。培养童心，就是涵养趣味。

大人与孩子，分居两个不同的世界。儿童对于人生自然，另取一种特殊的态度，即对于人生自然的"绝缘"的看法。哲学地考察起来，"绝缘"的正是世界的"真相"，即艺术的世界正是真的世界。

人类最初，天生是和平的、爱的。所以小孩子天生有艺术态度的基础。

世间教育儿童的人，父母、老师，切不可斥儿童的痴呆，切不可把儿童大人化，宁可保留、培养他们的一点痴呆，直到成人以后。因为这痴呆就是童心。童心，在大人就是一种"趣味"。培养童心，就是涵养趣味。小孩子的生活，全是趣味本位的生活。

我所谓培养，就是做父母、做老师的人，应该乘机助长，修正他们的对于事物的看法。要处处离去因袭，不守传统，不照习惯，而培养其全新的、纯洁的"人"的心。

对于世间事物，处处要教他用这个全新的纯洁的心来领受，或用这个全新的纯洁的心来批判选择而实行。

认识千古大谜的宇宙与人生的，便是这个心。得到人生的最高愉悦的，便是这个心。

赤子之心。

孟子说："大人者，不失其赤子之心者也。"所谓赤子之心，就是孩子的本来的心，这心是从世外带来的，不是经过这世间的造作后的心。

明言之，就是要培养孩子的纯洁无瑕、天真烂漫的真心，使成人之后，"不为物诱"，能主动地观察世间，矫正世间，不致被动地盲从这世间已成的习惯，而被世间结成的罗网所羁绊。

常人抚育孩子，到了渐渐成长，渐渐脱去其痴呆的童心而成为大人模样的时代，父母往往喜慰，实则这是最可悲哀的现状！因为这是尽行放失其赤子之心，而为现世的奴隶了。